阅美文

草木恩典

李丹崖 著

西苑出版社
XIYUAN PUBLISHING HOUSE

图书在版编目（CIP）数据

草木恩典/李丹崖著．—北京：西苑出版社，2018.5

ISBN 978-7-5151-0649-6

Ⅰ．①草…　Ⅱ．①李…　Ⅲ．①散文集—中国—当代　Ⅳ．①I267

中国版本图书馆 CIP 数据核字（2018）第 080871 号

草木恩典

CAOMU ENDIAN

出 品 人　赵　晖

责任编辑　康志刚　曹亚楠

责任印制　陈爱华

责任校对　刘　娟

书装设计　徐慧芳

出版发行　西苑出版社 XIYUAN PUBLISHING HOUSE

通讯地址　北京市朝阳区和平街 11 区 37 号楼　邮政编码：100013

电　　话　010－88636419　传真：010－88636419

E－mail：xiyuanpub@163. com

印　　刷　北京文昌阁彩色印刷有限责任公司

经　　销　全国新华书店

开　　本　880×1230 毫米　1/32

字　　数　160 千字

印　　张　6. 5

版　　次　2018 年 5 月第 1 版

印　　次　2018 年 5 月第 1 次印刷

书　　号　ISBN 978-7-5151-0649-6

定　　价　48. 80 元

目　录

第一辑　旧物集

第二辑 芳菲集

第四辑　最滋味

第一辑

旧物集

抱鼓石：不进家门就看得见的身份

没错，石鼓就是不进家门也看得见的身份。

它是旧时“门当户对”的重要象征之一。它的存在，使主人身份倍增，也让人单单看到它，就知道主人的官阶和品级。

石鼓，又名“抱鼓石”，是起到支撑门框门轴作用的一个石质的构件。

一般徽州民居用的是石锞鼓，以北京为代表的北方民居用的是如意鼓。

查阅资料，显示石鼓不能乱用：

> 狮型抱鼓石为皇族专用，鼓型为高级武官，抱鼓型带兽吻头抱鼓石为低级武官，箱型带狮为高级文官，箱型带雕饰为低级文官，箱型无雕饰为富豪大家之用，而普通市民只能用门枕石门枕木。

乱用，则有僭越的嫌疑，有可能要掉脑袋的。因为，石鼓是摆在明面上的事物，一眼即可发现，不像房屋，还能打打马虎眼，盖成“明三暗四”“明三暗五”。

石鼓不仅可以表明主人身份，还可以辟邪，更能起到装饰作用。

如今，有石鼓的建筑已经少之又少。它多半是伴随着台阶、瑞兽、门槛而生的，已经不符合现代家庭进进出出的电瓶车、小轿车的需要，所以，逐渐被省略，被取而代之。

若以传统文化而论，现代建筑被阉割掉的东西太多，以至于房子就是为了居住或者是遮风挡雨，甚至可以称之为“雨布”“遮阳伞”。

建筑的功能性被无限放大，审美性却一再被省略。石鼓，就是这一过程中的牺牲品和“弃儿”。

多年前，在老街深处，看到一户人家正在拆卸门前的石鼓，问其何故，曰：“巷子小，接送孩子，不方便电动车转弯。”也是醉了，我看了看他们家石鼓，花纹精美，至少有百年以上历史，祖宗泉下有知，会不会骂他不肖？可想而知。

也曾在金陵糖业公所门前见到一对石鼓，鼓边已经磨得看不清图案，可见当时会馆来往客人之多，后人对其稀罕，来回把玩，磨去了原有的花纹。但，这对石鼓块头之大，古拙大方，石鼓上的花纹雕刻越少，就越金贵，可谓当世稀品。

江山永固，山石之重，本来就有镇宅的功效，这不单单是建筑风水的要求，更是弥足珍贵的传统文化符号之一。

故乡有个跑药材生意的邻居，发了财，也在自家门前放了一对抱鼓石，他说，每每看到石鼓，总想到女人的屁股。石鼓有知，定会气成一堆粉末，被罡风吹得绝尘而去。

墀头：一座建筑的领结

我多次流连在老子讲学的场所，也是省级文物保护单位——道德中宫。在道德中宫的老祖殿山墙伸出部分，发现左右各有一块雕花精美的砖雕样建筑构件，大约一尺半的高度，上面分别雕刻着“天官送福”“松鹤延年”等吉祥图案，雕工精美，每次去，我都要端详许久。

遇见一位老人，称此为“马头”，我猜想，这一定是俗语，后来遇见学古建筑的一位先生，方知此物为“墀头”，又名“腿子”“马头”，多位于凸出于山墙的两侧，承担着排水和阻水的作用，防止雨水潲湿山墙和边墙，后来，逐渐演化为装饰作用。

后来，我到江南各地去旅游，见过有墀头的建筑不胜枚举，实因江南多雨，墀头在此，承担了阻水和装饰两种作用。江南的雨密密匝匝地飘落，把墀头洗得油亮油亮，举起相机拍照，有自带“美颜”的效果。

这些凸出山墙的墀头，有的雕刻有“梅兰竹菊”四君子图案，寓意主人品行高洁，有君子之风。建筑，多数情况下，也是被主人用来“托物言志”的承载物，就好比暴发户喜欢

“大金链子”，文艺青年喜欢“棉麻服饰”，小资情调的女人爱侍弄“花花草草”，复古的女人爱穿旗袍……

有的墀头雕刻着动物图案，比如，“麒麟送子”“马上封侯”“松鹤延年”“狮子滚绣球”……还有一些，似乎是《山海经》里走出来的神兽，长着人脸，还有一双翅膀，也像是西方神话中的天使，或许有一些中西合璧的意思。

也有的墀头上雕刻有“蝙蝠”“元宝”“葫芦”“石榴”“如意”等图案，代表着“多子多福”“富贵如意”等吉祥寓意。

还有的墀头上索性直接用汉字雕刻上“福禄寿喜”，倒是简洁明了，但我总是觉得有些突兀，少了些谐音双关的意趣在里面，赤裸、直接，没有一丝温婉的感觉。不过，萝卜青菜，各有所爱。

在一些宗教场所，墀头被赋予了浓郁的宗教色彩，比如“莲花”“宝剑”“阴阳板”“阴阳鱼”等，神秘端庄，且有文化特色，让人一眼望上去，就知道这不是一般的民宅或官宅。

其实，建筑的样式不同，墀头也不尽相同。《清式营造则例》中阐释：“硬山墀头由下至上一般分为下碱、上身、稍子三个部分，庑殿、歇山、悬山等建筑则无稍子。”这些太过专业，非古建从业人员不懂，我们只需晓得，在穿衣搭配上，不同的衣服，配不同的配饰即可。

“墀头”这个名字，单从字面意义上看，个中有个“犀”字，众所周知，犀牛的显著特征中是犀牛角，有力的犀牛角凸出于头部，用以御敌。墀头，也像犀牛的角一样，凸出于山墙，只不过，不像犀牛角那样暴力，而是被赋予了美感，儒雅有致，耐人玩味。

建筑也像是人，或端庄，或敦厚，或伟岸，或消瘦，屋檐是它的发髻或帽子，青砖是它的衣装，墀头就是它的领结，或者说，一座建筑“绅士”与否，关键看它的墀头。

斗笠：头顶上盛开的花朵

一想起斗笠，很多人都想起烟雨蒙蒙的江南，穿蓝色印花布的姑娘，还有水田里插秧的农夫，黝黑的水牛……

我见过最早的斗笠，是祖父从江南带回来的。祖父做药材生意，从亳州坐火车到全国各地跑，在我们当地，称之为“跑生意”。祖父到江浙一带跑生意的时候，遇见了斗笠，觉得很有趣，便带了回来，平日里做农活的时候，尤其是夏天，祖父会戴着斗笠，走在乡间的田垄上，在我幼年的印象里，我如同仰望一座小山丘。

祖父在收麦子的时候喜欢戴斗笠，扬场（用木锨把麦子扬起来，让风把秕谷与麦秸吹离麦粒）的时候喜欢戴斗笠，斗笠上落满了一层厚厚的麦秸；下雨的时候也喜欢戴，那斗笠被雨珠淋得油亮油亮。后来，祖父把那只斗笠送给了父亲，如传家宝，我看到父亲戴着它，好像是当年的祖父。

父亲格外爱惜那只斗笠，他与祖父不同的是，父亲格外喜欢文学，常常指着斗笠为我和妹妹背诵古诗词：“青箬笠，绿蓑衣，斜风细雨不须归。”以至于后来我从课本上学到这首诗词，瞬间想到的是，张志和在《渔歌子》里描写的主角，不是别人，正是我的父亲。

斗笠和草帽不同，斗笠更加厚重，夏风急了，会把草帽刮跑，却刮不走斗笠，斗笠是戴在人头上的小山坡，却并不感觉到压迫。戴上斗笠，农人仿佛有了另一番小天地，阳光不那么刺眼，太阳不那么毒辣，在一定程度上起了戴“帽子”“墨镜”等的作用。

我曾在老街深处遇见一家名叫“斗笠”的咖啡吧，一座老的四合院里，门口扣着两只簸箕大的斗笠，上面绣着一只咖啡杯，很有原生态的意味。走进去，清一色的斗笠主题，吧台上、杯子上、汤匙上，全部都是，俨然是回到了江南水乡。

问咖啡吧的主人，为什么选择这样的装饰。原来，吧主是一位渔民，他在涡河打鱼的时候曾经戴过一只大斗笠。一次，他在打鱼的时候，刮起了狂风，涡河里的浪瞬间大起来，他的小渔船被掀翻了，即便他水性再好，也无济于事，眼看着就要被河水吞没，幸好他头上戴的斗笠挂住了河边的树根，他拽着那条树根才上了岸。后来，就有了这家斗笠咖啡吧。原来，是斗笠救了他的命。

从这家咖啡馆出来，我夜里做了个梦，梦见自己成了一个牧童，吹着一管短笛，圆笠覆我首，长蓑披我襟，在林间，遇见一位穿着蓝色印花布的女子……

锔活儿：伤疤都是一朵花

在乡下，砖头碗碴儿都是宝，一般是舍不得丢弃的。

碎掉的砖头，一般可以用来铺地，垫高自家的宅基；碗若是碎掉了，细碎，碗碴可以当成小刀来用，在皖北，可以用来刮白芍的根，作为去皮工具。若是仅仅碎成两三块，则需要找锔碗的手艺人来修。

除绣花以外，锔碗是我小时候见过的最细致的活计。

锔碗的手艺人先要把碎掉的碗按照原样组合在一起，发现没有漏洞，即可锔。锔碗的工具可不简单，首先要有一只小钻，钻头要细，与针尖儿无异，还要有钯钉、皮筋、小锤子、剪刀、镊子、石灰膏等。锔碗的匠人把破碎的碗用皮筋扎成原来的样子，小心翼翼地在裂纹的两边下钻，这种小钻别看它小，可是金刚钻，乡下有俗语“没有金刚钻，不揽瓷器活”，说的就是这个道理。

用金刚钻在裂痕两侧对称各钻一排小孔后，把钯钉揳在小孔里，固牢两端，所有的钯钉都敲好以后，碗基本就牢固如初了，这时候，用石灰膏从外围抹缝，稍事停留，用湿抹布擦拭内外，整个碗就锔好了。

锔好了的碗，像是被绣上了花，拿在手里，沉甸甸的有分量，锔过的碗，有钯钉的存在，摩擦力更强，一般不容易再次滑落。

瓷器乃国宝，即便是破碎了，寻常百姓也舍不得扔掉，因此，考验锔碗匠人的时候到了：差的锔活，好比贴了创可贴，碍眼；好的锔活儿，无异于给瓷器锦上添花，无形之中增加了审美情趣。

因此，从清朝始，玩物丧志的八旗子弟为了不让瓷器因出现瑕疵而丢弃失色，手下都有一帮匠人，锔活儿甚是精妙，有的巧夺天工，把钯钉做成青花状，经他们锔过的瓷器，有的与原件无异，有的甚至远远超越原件的品相。

后来，锔活儿逐渐“下放”到民间，由“大国工匠”变成乡间游走的手艺人，他们不光可以锔碗，还可以锔陶盆，锔缸，手艺精湛，往往让一件业已坏掉或破损的器物起死回生，重新焕发第二次、第三次生命。

一般情况下，做锔活儿的多是花甲以上的老人，他们走村串户，边走边吆喝：“锔碗嘞，锔盆、锔大缸……好锔活儿，不满意包新的!”听到这种吆喝声，人们便纷纷把他们邀到家中来锔，锔碗的手艺人劳作的时候，一旁肯定跟着一帮小孩子，他们望着锔碗的手艺人变戏法似的把一堆碎瓷片重新塑型，惊奇得眼睛都不敢眨一下。

当然，做锔活儿的也有年轻人，他们比年迈的老者眼神好，手脚麻利，做活儿更快。

我曾见过一个姑娘，爱上了一位锔碗的年轻小伙，隔三岔五总要把自己家的碗弄烂一两个，这样，就可以见到锔碗的小伙，并与之攀谈几句了。

狼山黑陶

安徽蒙城的小涧，是一座千年古镇。

镇北五里，有一座小小的山丘，这座山丘小到不起眼，却被《水经注》记载过，名曰“狼山”。狼山，有山峰九座，形似一座古鼎，屹立在此，所以，又名“九鼎灵山”。这座小山别看身材并不伟岸，却一度与九华山齐名，被人冠以“南有九华，北有九鼎”的美誉。山上的九鼎灵山寺始建于唐贞观年间，初名“昭明寺”，每逢二月十三庙会，寺中香火缭绕，求签许愿者络绎不绝。山上有一眼潭水，小却幽深，千年不枯。据传，打此潭水，在寺旁来做陶，融香火之氛，所做黑陶被称为“狼山黑陶”。陶泥漆黑，器形古拙典雅，如此“重器”，深得众人喜欢。

黑陶，在我看来，一直是带有男性印记的物件。这种流行于六千年以前的东西，烙上了原始社会父权制的深深印痕，创造了继仰韶、大汶口之后的新文化分支——龙山文化。史学界亦称之为“黑陶文化”。狼山黑陶，由来已久，积淀之深，非一般陶器可以比拟。

陶，这种深入生活旮旯缝隙的东西，曾多次被从地下水下发掘打捞，被放在博物馆中供人观瞻，哪怕是20世纪，陶盆也在平常百姓人家处处可见。如今，陶俨然成为工艺品，或奢侈品，被高高举起，比如，狼山黑陶，陶泥稀有，制作工艺独特，器形古拙，带有很强的历史质感，备受热捧。

泥为陶之母。好陶建立在好泥的基础上。整个小涧镇，始于唐代，是因双锁山、黄伯山诸山涧水汇成溪流，经镇中康涧桥入涡河而得名。加之如今的涡水、淝河流淌滋养，小涧镇得天地润泽，黑陶泥油性大，且会呼吸，不易变质，又最宜塑型。用这里的陶泥做出来的黑陶，陶壶最宜泡茶，陶器能呼吸，隔夜不馊，玩壶者以拥有黑陶壶为尊。

狼山黑陶的制作工艺一直是个谜。一样的选料，一样的滤晒、练泥、腐熟等形成成品泥，一样的压光、雕刻、烧制，做出来的陶器，别地的总不如狼山黑陶。

土质细密，为美器铺垫着“好坯子”；刀笔犀利，浓缩着匠人数千年传承的心血。除此之外，这里还是道家文化的发源地，狼山黑陶，黑，古称“玄色”，道教尚黑。这里是庄子的故乡，狼山黑陶之美，带有浓浓的人文特色和传世情怀在里面，这是狼山黑陶秘而不宣的奥妙。

我曾多次去小涧镇采风，常常看到许多人怀黑陶返程，喜不自禁，犹怀春风。

门楣是老街的眉毛

门楣是老街的眉毛吗？

如今的年轻女子这么注重自己的妆扮，眉毛会被修剪，甚至会刮掉，绣眉、文眉，老实说，真的好吓人。还是老街好，数十年、近百年如一日，行不更名，坐不改姓，街道还是那条街道，门楣还是那道门楣，在岁月风霜的浸染下，越发显露它的质感。

我的故乡亳州，有一座国家级历史文化保护街区，名曰“北关”，浓缩着明清时期商帮和漕运文化的缩影，一街一品，五行八作都在这条街上度生活、做经营，走进去，这边是山陕会馆，那边是福建会馆，前面是徽州会馆，后面是金陵糖业公所……这些宅院或建筑上，都有一块很好看的门楣，沧桑幽深，记录着几代人的传奇。

门楣这种传承了千年的建筑部件，承载着一个家族的命脉。所以，每每提及“门楣”二字，前面都会被加上“光耀”，光耀门楣，是一个男人的使命。古代的男子大多数通过在科举制度中脱颖而出来实现，当然，也有另一种形式，那就是经商。当然，也有女性光大门楣的，陈鸿在《长恨歌传》

里这样记载："男不封侯女作妃，看女却为门上楣。"女子，只有嫁给王公贵族，才能使得门楣添光彩，进阶之途如此之窄，窄到不足尺余，初看惊奇，再思量，不免感慨万千。

其实，按照古代的建制，没有官阶的人是不能修门楣的，否则就有僭越的嫌疑，爱美之心人皆有之，又想效仿，怎么办呢，在门上横一根木材，就算是门楣了。

门楣的尊贵与否，以门档来评判。在古时，有两个门档的一般是五品以下官员，四个门档则是四品以上官员，有十二个门档的，就是皇族或者是皇亲。到了清代后期，商业繁荣之后，很多"红顶商人"也可以有门楣了，再后来，稍稍有些家资的乡绅大户也可以修建门楣了，只不过不那么夸张明显，隐隐地嵌于门上，上书"勤俭居""耕读第""树德门"等。

在亳州老街，有很多老宅上可以依稀看到如许字样，比如"厚德里""上善里"等，这些门楣多半是标榜主人的德行与向往，斯人远去，在斑驳的石材、木板背后，仍可以触摸一个家族的精神诉求。

门楣，作为进入一户人家首先映入眼帘的建筑部件，一户家庭若是一篇文章，它就是第一个段落，起首漂亮，才能对"整篇文章"增光添彩。难怪旧时的许多人家，不惜巨资把门楣修得宽之又宽，雕花纹饰多之又多。

安徽亳州地处黄淮腰膂，一条涡河横亘其间，是全国最大的中药材集散地。来往于此的多为全国各地的药材商人，他们经陆路、水路到达这里，通过经营中药材使家道殷实，也算是光耀门楣了。他们在修建宅院或会所的时候，尽可能在门楣上雕饰梅兰竹菊等吉祥纹饰，商贾大户则喜欢雕饰蝙蝠、金钱草之类的图腾，寓意财源广进，还有标榜忠义的。

比如，在我们当地，有一个镇子，名叫"义门镇"，据传这里原是一座城，城中最大的府第，是一户忠义之家，门楣之上书有“义门”二字，战乱之后，整座城市毁于一旦，只留下那户人家烧焦的门楣。后来，人们就把这个地方称为“义门”，一直延续至今。这就是一块门楣的力量。

还有，在老街之中曾有一条街巷以“里仁”命名，旧时，街上有栅栏门，门上镌刻“里仁”二字。据传，最初，门楣黑色洒金，四周还有吊穗，整整 108 个，煞为好看。“里仁”这两个字出自《论语》，寓意“里仁为美”，如今，栅栏门被拆除，门楣也早已烟消云散，“里仁街”的名字却被永久镌刻在老百姓的记忆深处。

在老街上行走，一座座院落，一间间商铺鳞次栉比，如今，所见旧时门楣已经不多，保留完善的更是少之又少，仅存的建筑，即便被主人翻盖再翻盖，门楣也是永远不会动的，它是一种隐喻，一种吉兆，一种愿景，悬在老街人的头顶上，好似可以披荆斩棘的尚方宝剑。

街巷愈古，建筑的质感就越强，深秋，在街巷中穿行，似乎总能听到这样一句话从幽深的宅院里传来：“好好读书，不然指望什么光耀门楣……”当然，也有大白话：“娃嘞，不好好念书，以后，你连咱家门框都对不起……”

木锨：乡间男人最帅气的道具

若要给乡间的男人评选出一个最帅气的道具，那一定非木锨莫属。

午收的晾晒场里，一大堆新打下来的麦子，被牛拖着石磙碾过，收去麦秸，剩余的全部是麦子和麦糠。午后，树梢微微有了动静，男人就拿着一只木锨走到了晾晒场中央，铲起一木锨麦子逆风扬起，哗啦，麦糠和秕谷被风带跑，只有结结实实的麦子留在原地，掷地有声。

在乡下，收麦子女人可以参与，打麦场上的活一定得靠男人。麦子打好以后，就该木锨唱主角了。木锨扬起来，把麦子和麦糠分离的过程就叫“扬场”，在我家，一般是父亲来做。

我至今清楚地记得，父亲扬场时的样子，他的胳膊粗壮有力，铲起一木锨麦子逆风上扬的时候，我能瞬间看到麦子和麦糠所形成的旗帜，这旗帜瞬间消失，它的结局是“分离”，麦糠因自己的轻浮而付出了“代价”，被风吹得远远的，只有颗粒饱满的麦子，真金不怕火炼，沉着地落在了场的中央，那叫一个自信！

我注意观察过父亲扬场时的肌肉，铲麦、扬起、离锨时，肌肉紧绷有力，收起木锨的瞬间，肌肉舒缓潇洒。这的确是一个挥洒乡间男人荷尔蒙的最好时刻。

男人拿起木锨扬场的时刻，女人、老人和孩子通常在旁边看，还不忘议论一下今年的收成。这是乡间最愉悦的时刻，辛苦了一季的耕作终于有了收获，刚刚打下来的麦子饱满，带着独特的体香，这样的体香让人闻起来，心底安稳。

过完了整个麦收季节，谁家的木锨若是磨短了半截，就证明谁家的收成好，颗粒归仓，粮囤里存得满满的，一整年无忧无虑，尽管“坐享其成”了。

我有时候想，木锨真是一件讨人喜欢的农具，从麦种，到播种，到施肥，到绿油油的麦苗，到抽穗、灌浆，再到麦浪金黄，再到磨镰霍霍，都只不过是一连串繁复的过程，唯有木锨上马，才见得了真正的果实。乡下人一般把扬场的过程称为“木锨的成全”，这带有浓重的仪式感在里面，也有一股别样的感恩意味。

前几日，母亲还向我笑着说起往事——在我七八岁的时候，总喜欢把木锨称为“木先生”。我一愣，木锨，可不就是农人的木先生嘛！它体态匀称、修长，皮肤也白皙，很符合现代人对帅哥的审美标准。

若是有一项农具选美大赛的话，我们或许可以把木锨称为“最美农具”了。原来，木锨的美和乡间男人的帅气，是相互成全的。

牛梭子

牛梭子，是牛套的第一个关键部件。

旧时，牛是乡间主要的劳动力，也被经常套上绳去拉板车。绳子绑在牛背上哪能绑得住，于是，聪明的农人找到粗一些的树枝，带自然弯曲的那种，做成牛梭子，牛梭子的弯儿刚好卡在牛背上，两侧开孔系绳，后面拽着一个钩子，刚好钩住板车上的铁环，牛移步，拉着板车及货物向前走。

牛梭子，是牛背上的弯弓。

乡间的牛，都有一股子牛脾气，有冲劲儿，牛背安上了牛梭子，好比一张弓箭被拉满，奋勇向前，不管它身后拉的是粪肥，还是粮食，不管身后拉着的是男人，还是女人，是漂亮，还是丑陋，它都使着一样的劲儿，对于力量来说，都是公平的。

牛梭子，是乡间包浆最好的工艺品。

牛梭子被架在牛背上，负重前行，日夜厮磨，牛梭子被磨得锃光发亮，在拉动货物的同时，牛使用浑身的力量，甚至连背部的牛油都冒了出来，这些油，浸润在牛梭子上，天长日久，牛梭子变得昏黄发亮，像是镀上了一层天然的膜。

牛梭子，是落在牛背上的星斗。

有一个传说，牛梭子其实就是天上的星宿落下来化成的。牛郎星是牛郎担着两个孩子飞升到天宫去找自己的爱妻织女。一个人挑担的样子可不就像牛梭子吗？难怪人们都把牛郎星称为“牛梭子星”。

牛背如山，拉久了牛梭子的牛背好像是驼峰，被硌出了一座山峰的高度。

责任在肩，牛梭子在劳作的同时，磨出了油亮的底色，这底色，或可看成是勤劳的色彩，也可以说成是勤劳的褒奖。

牛被绑上牛套在乡间的小路上穿行，乡间的风吹得两岸的庄稼俯仰生姿，也吹得牛毛如梳，只有牛梭子是不动的，似乎粘在了牛背上，引领一车金黄的麦穗一步一个脚印地向前走，套上牛梭子的牛，像是穿上了铠甲的将军，周遭的景色都目不转睛地望着它，在行注目礼！

汽灯：炙热却无法触碰的记忆

有多少人还记得汽灯？

我一直觉得，汽灯应该是从西方引进过来的。不知怎的，我一看到汽灯，总想起工业革命。这种复古的灯盏，亮光耀眼，燃烧的时候，发出哧哧的声响，这种节奏感与白炽感，让人感觉恍若隔世。

犹记得我上初中时候，在一个名叫“十九里”的镇子上，学校里还没有通电，每天晚自习，班级里的同学会轮流做一件事情，那就是烧汽灯。

烧汽灯是一件复杂的活儿。首先，要给汽灯内注入煤油或者石蜡油，然后，用汽灯上自带的打气阀给汽灯打气，平均要十分钟左右，才能把汽灯的气打满。然后，小心翼翼地换上石棉丝网灯泡，拧开阀门，点燃后，汽灯越烧越亮，可以照亮三间教室的面积。

通常，打满气的汽灯可以持续燃烧半个小时左右，然后，就需要值日生继续打气。在皖北，我们习惯上把打气称为攎气，“摅”这样一个动词，似乎很有力量感，也更形象。我至今能想起摅气的动作，圆球状的气阀被握在掌心，攥紧了气阀，一提一压，完成了摅气的过程。一通摅，会累得人额头上全是汗珠。

摅气是一件力气活，通常是不主张女孩子来做的，一个汽灯摅不满，掌心里就磨出了水泡，疼得不能碰。班级里的男孩子多是怜香惜玉的，所以，主动承担下所有摅气的活。

汽灯内被摅入的气是用来给煤油制造压力，让煤油喷向灯泡的位置，石棉网做成的灯泡，有了煤油瞬间点燃，且压力越强，灯泡就越亮。但是，这种石棉网灯泡多为一次性的，不能用火柴去触碰，不然，就碎成粉末状，无法再次使用。

我曾多次操作过点燃汽灯，那过程，很具有使命感，像是在完成一项大工程。在我们萌动的青春里，会烧汽灯的男孩子是帅气的，会烧汽灯，甚至赶得上会一门手艺，令人羡慕。

汽灯哧哧地燃烧，外面的灯罩滚烫，在冬日，汽灯周遭还可以取暖。

汽灯不惧风，因其外围有一层玻璃罩，所以，若是晚自习结束，汽灯里的煤油还没有烧完，我们就把它拎到寝室，打满了气，继续挑灯夜读，人就是这样，越是在艰苦的日子里，越懂得珍惜光阴。现在回想，我长这么大，最勤劳的日子都是汽灯陪我度过的。

我至今记得在汽灯下度过的每一个晚自习，甚至记得一位名叫“牛芳”的语文老师拿汽灯来给我们讲人生，她说，你们知道汽灯的灯泡为什么在燃烧后这么脆弱吗？

我们摇头。

她继续说，越是耀眼的事物，在其耀眼背后，可能越是脆弱。比如，我们生活中所遇见的“强人”“能人”“学霸”

“小能豆”……任何人都需要关爱，成功者若是遭遇挫折，说不定比长期处于挫折与坎坷中的人更经不起打击。

现在想想，牛老师的话很有道理。

汽灯的时代一去不复返了，即便是现在去露营，也不会再带它前往，一只手电筒完全搞定。

汽灯，成了一个时代炙热却再也无法触碰的记忆。

抢菜刀，磨剪子

一条长凳，一副手摇的砂轮，一把抢刀，一瓶子水，一只毛刷。男子骑着自行车，走街串巷地吆喝：“抢菜刀，磨剪子，不锋利不要钱。”男子吆喝后面那句话的时候，斩钉截铁。是的，他干的就是这样的活。

抢菜刀和磨剪子，是旧时乡村常见的一门手艺。那时候，谁家的菜刀钝了，剪刀剪不动花布，就把它们放在一边，静候“抢菜刀，磨剪子，不锋利不要钱”的吆喝声，听见吆喝声，先是飞奔出门，大呼一声“别走——”，然后奔回家里去拿业已闲置多天的菜刀和剪子。

旧时的菜刀和剪子，多为铁匠锻造，含钢少，用不了多久也就钝了。况且那时候，家家户户的菜刀和剪子也都闲不住。一日三餐，做菜肯定少不了菜刀；缝衣做鞋，也定然少不了剪刀。在工业化气息尚不浓厚的当时，处处都是“DIY”。

于是，菜刀常钝，需要手艺人来抢。抢菜刀的工具很是奇特，中间是抢刀，还有一对飞机翅膀一样的把手，先把菜刀固定在支架上，卡住，再用抢刀刮掉一些笨重的铁皮，直至菜刀重新获得利刃。再把菜刀放在砂轮上一番打磨，火星飞溅，最适宜在黄昏时来看，像极了旧时烟花，歘歘地飞。砂轮打磨是较快的开刃方法，最后一步，还要把菜刀放在石头上磨，边磨边加水，菜刀被磨得刃儿“飞薄”（刀刃薄到极致）。这把菜刀就重新获得了生命。

相比较抢菜刀，磨剪子就简单多了，基本上相当于抢菜刀的最后两个步骤，一打磨，二手磨，瞬息可就。拿的是个快钱。

旧时，抢菜刀和磨剪子放在一起要不了几个钱，到后来也就是三五块钱。那时候物价低，这也就是个手艺钱，一般人不会，或是没有工具，只能掏腰包。也恰恰是这种状态，养活了一帮手艺人。

我家常常让一个脸上有刀疤的汉子帮我们抢菜刀。依稀听到他和父亲之间的谈话。

“你这是家传的手艺吗?”父亲问。

汉子长叹了一口气，说：“不是，这是跟集市上的老王头学的。我年轻的时候不走正道，好赌，老婆跟一个做药材生意的人跑了。我去找那人掐架，没捞着便宜，还留下了脸上这道疤。后来，老王头看我没啥本事，教会了我这个，我得一辈子记着老王头的好，不然，我只有流落街头……”汉子说着这些话，手里的抢刀狠狠地抢了两下，菜刀的刃口立马就清晰了许多。

我至今仍记得汉子说这话时候的表情，那感觉，一度让我觉得：他自己曾经是一把钝掉的菜刀，老王头就是一把抢刀，帮他“开了刃”，否则，他只有被丢弃锈蚀掉的命运。

我见过那些锈蚀掉的菜刀，在老房子的角落里，红锈斑斑，酥心糖一样层层剥落，像墙上返潮的泥坯。

我突然觉得，其实，抢一把菜刀、磨一把剪子，有时候和挽救一个人的命运，是同一个道理。

刀刃新磨，且斩前路荆棘！

热鏊子，香烙饼

我对一切乡间遗落的“金”字旁的工作格外有感觉。比如“鏊子”。

鏊，这个字，应该和鳌鱼相关。只不过，鏊子是一种用来制作食品的用具，给做成了鳌鱼的形状，三足，鼓胀着腰身，像一个力气饱满的乌龟，趴在那里。

鳌，就是海里的大乌龟，估计是我们的祖先从它身上得到启发，才发明了鏊子。

鏊子，一般用来烙饼。烙饼的过程，很具乡野气息，也很有意思。

生铁铸造的鏊子，下面生上火，火要用劈柴火，嘶嘶的火舌撩拨着鏊子的底部，上面逐渐青烟升腾。这时候，把事先擀好的面皮搭在凸起的鏊子上，十秒钟后，用竹篾做成的夹子夹起一边，迅速地把烙饼翻个身，再十秒钟，基本上一张饼就这样烙成了。

鏊子静默着，继续等待下一张饼。烙饼的过程，好比一个人逐渐走向成熟。生的烙饼就是年少的人，火是岁月，鏊子就是专门用来历练他的，经由鏊子这一遭燔烤，一个人就成熟了。当然了，有的人冥顽不灵，就好比一张饼给擀厚了，需要多熥一会儿，如是再三，好事多磨，最终也一样散发出成熟的香味。

我有时候甚至认为，鏊子应该是父亲，擀面杖是母亲，面饼是儿子，这张饼只有经过母亲的塑型才能出生，只有经过父亲的“谆谆教诲”才能健康成长。

早在原始社会，我们的祖先就懂得使用鏊子。只不过那时候的鏊子还是石头做成的，后来，逐渐发展为陶鏊、青铜鏊、铁鏊。

三四十年以前，铁鏊子在乡间十分流行，几乎家家都有，乡下人若是做农活回来，忘了或来不及发面，就把鏊子支出来，弄一些干燥的树枝点着了，把鏊子烧热，很快就有主食可吃。烙出来的饼，夹上事先炒好的绿豆芽、青椒来吃，清脆爽口，很是美味。也可以直接卷大葱，蘸酱来吃，开胃饱腹，很具人间烟火气息。

如今，很多人都有怀旧情结，但出于场地等因素，铁鏊子已经不多见了。为了满足饕客们对烙饼的追捧，有人发明了电鏊子，已然是铁做的，可以调节温度，没有呛人的烟火。不知怎的，我总觉得还是烧劈柴火的铁鏊子更有趣，至少是更有氛围。

在我的脑海里，时常还有旧时外公擦亮铁鏊子烙饼的情景，刚刚放在铁鏊子上的饼，在背部鼓起一个个气泡，我总认为，那是铁鏊赋予一张烙饼的眼睛。

石臼：乡村的酒窝

我少年时一直没有见过陨石，所以，每每见到石臼，我总觉得陨石应该和它长得差不多。

石臼，应该是大山的弃子。被人用卡车托运着，穿越千里万里，来到乡村、城市、田野，石头也可能水土不服，治疗这种水土不服的办法很多，最有效的似乎是交给石匠，石匠用凿子、锤子来雕琢它，把它们做成石臼。这种做法，一度让我想起中医的放血疗法。

石头一旦变成了石臼，就好比一个女人嫁了人，终于收了心。

石臼是被改造的石头，好比是学到了真本事，下了山的石头。它们的使命，是改造糯米，把它们变成糯米面；改造八角、花椒，把它们变成作料面儿。

我曾见过母亲在石臼上搉米的情景。新春刚到，乡间到处洋溢着喜庆的气氛，母亲事先在夜里泡上了糯米，第二天待到糯米吸水后变得白白胖胖，用陶盆端着，往村口的石臼处走，擦干净石臼的凹槽，在里面搉米。皖北人喜欢把“捣”说成是“搉”，估计和这里多种植药材有很大关系，搉药是搉，搉米也是捶。

扬起石杵，砸在石臼里，一下两下三下……糯米在石杵的敲打下，变成了雪花似的白。这时候，舀出来捶好的糯米面，过一遍筛箩，就可以包元宵了。

元宵的馅儿也有讲究。捶完了糯米，把事先炒好的花生、黑芝麻一起放在石臼里去捶，三两下捶下去，半个村子都是香的。

糯米白，芝麻黑，母亲做的元宵很甜很甜。能不甜吗？稻米是母亲种的，也是母亲舂的，就连糯米面儿也是母亲捶出来的，馅儿亲调，也是自己烹饪。完全是母亲的“流水线制造”，做出纯正的“妈妈味道”。

石臼，也算是食器了。敦实、简朴、自然，最能与村庄融为一体。有时候，我甚至想，以石臼为主题，制作一幅版画，石块的褶皱，是斑驳的岁月的痕迹，旁边再坐着一位抽旱烟的老者，额头上沟壑纵横，与石块的纹路如出一辙。这样的画作，说不定还能获奖呢。

有时候，石臼也可以什么都不做，上面被盖上一张木板，石臼就变成了餐桌。一家人其乐融融地围拢而食，气氛相当融洽。

也有不融洽的事情。记得旧年月，村子里少不了有个别人日子拮据的时候，手头一紧，就开始打起歪主意，干起了偷鸡摸狗的勾当。有个叫王五的先生，好这口，他还算“仗义”的是，兔子不吃“窝边草”，上邻村牵羊，被狗给咬了，得了狂犬病，发病的时候，在村口的石臼旁把自己的手给捶了，手指碎了两根……从那以后，王五重新做人，勤于劳作，狂犬病竟也出奇地被控制住了。

石臼是乡村的酒窝，是一座乡村最妩媚的地方。至今犹记得，下了雨，我们一帮孩子在路边玩摔泥娃娃，玩够了，没处洗手，村口的石臼就是最好的去处，石臼的凹槽里，储着一汪干净的水。据说，用这里的雨水来洗手，村子里的小媳妇变得手巧，孩童们变得聪慧。

时光流变，桃花开，杏花败，青葙子染红了一茬又一茬小姑娘的指甲，石臼始终坐落在村庄里，缄默见证。或许，在石臼的最深处，还藏着一段村庄秘而不宣的传奇。

拴马环：旧时最早的停车位

在亳州北关老街深处，多会馆，会馆门前，砌于墙体上的，多大拇指粗细的铁圈，垂在墙体上，耷拉着脑袋，在岁月深处日渐锈迹斑斑。曾经，许多电视旅游节目的主持人拿这种“铁圈”来考路人：“此为何物?”已经鲜有人知道它们的真正身份，其实，它们就是拴马环。

拴马环是旧时富裕家庭的产物，通常，门前有没有拴马环是衡量一户人家是否显贵的重要标志。门前的拴马环越多，证明出入这户人家的人多骑着高头大马，“往来无白丁”嘛。古时，能骑上马的人，相当于现在人们开豪车，因此，拴马环越多，证明你家的车位越多，越是富商巨贾，生意做得越大。

我曾在咸宁街的金陵糖业公所门前见过，铁鼻砌入墙体，下垂着一个滚圆的拴马环，有些部位已经磨得粗细不一，斑驳的墙体和磨损的拴马环记录着这里曾经有过的繁华。这里，曾经是制糖业的会馆，往来多怀揣着“甜蜜事业”的信条，如果仔细嗅一嗅业已锈蚀的拴马环，兴许还能闻到一丝甜蜜的气息。旧时的盛景不在，房屋也多次翻新，唯有拴马环一直“青春不改”地留在那里，“圈阅”着一种别样的时光。

其实，拴马环完全可以做成别的形状，缘何非要是圆形？实因中国人向来喜欢做事“讨彩头”，圆圈寓意“圆满”和“团圆”，更有出行安全和“知返”的含义。铸铁的拴马环，以圆形的姿势维系在墙体上，那些连接墙体与拴马环的铁鼻子，形状不一，有的做成一个鼻角，有的做成莲花状，有的做成蝙蝠状，各有寓意，仪态万千，蔚为大观。

当然，也有比较邋遢的暴发户，老早把房子修好了，却忘了砌上拴马环，只得在门前的砖石上凿上一两个圆孔，用来拴马，缺少了拴马环的存在，那凿出来的小孔，简直是一个“漏洞”，粗糙而蹩脚，让人笑话。

拴马环是旧时最好的“停车位”。那些骑着高头大马来到门前的士人、商贾，把马交给门童，缰绳拴在拴马环上，门童会用最好的草料来慰劳那些马匹。马是最善解人意，也最忠诚的动物，主人在深宅大院内觥筹交错、高谈阔论，马则站在门外，时而假寐，时而望一望来往的人或是另一匹过往的马，拴马环说不定能带给它另一桩美妙的邂逅呢。

树木以年轮来纪年，拴马环无以纪年，只能以日渐磨损的躯体记录时光变迁。随着时光推移，拴马环已经由原来的功能改变为一段时光的见证。

街巷会变，出入的人也在更替，草木枯了又荣，建筑颓了又修缮，铺路的石条磨平了又换，拴马环已经成为一条街巷的最后记录者。

陶碗：餐具中的隐士

陶碗，是最有骨气的土。

挖一块黄土，和泥，拉坯，成模，挂釉，烧制，出窑的小碗，比拳头大一些，多用来盛饭。

陶碗比较粗糙，像个没文化的糙人，却是话糙理不糙，是个善良的人。

陶碗的出场率并不高，在乡间，一般是用来蒸肉，或者是有了红白喜宴，用它来盛放各种肉食、甜米饭和糖果。

在乡间，摆一场乡宴是一件无比壮观的事情。

单单是陶碗，就要摞得像小山头一样高。从瓷器行租来的桌椅和瓷器运过来，要先洗刷一遍，黝黑的陶碗，被码在一起，倒扣着，像个倒立的汉子，不那么精致的釉有时候多出来一两滴，土坯不均匀处还会斑斑点点。这一切，都是那么不修边幅。

餐具洗好，大厨们搭好了餐棚，开始忙碌起来，首先要做的是“合碗”。合碗这种吃食在皖北很常见，通常是把牛羊肉切成条块，煮好，把成条或成块的牛羊肉码在碗底，肉上铺上一层大头菜或黄花菜，撒上花椒、八角之类的作料，上屉蒸上两三个小时即可。有时候，若是做虎皮肉，需要先把成条的猪肉过一遍油

（油炸），拿出小陶碗，把炸好的肉肉皮朝下放在碗底，铺上一层雪里蕻。蒸好以后，倒扣在碟子里，确保我们第一时间看到虎皮肉，也有助于把油脂倒流在雪里蕻上，浸润滋味。

在所有的乡宴中，通常是用合碗的多少来衡量宴席的质量。合碗越多，宴席越好，反之，摆宴席的主人就要被人说成“铁公鸡”之类。

以上说的是荤食的合碗，也有素的，多是甜食。譬如，甜米饭，做法是把糯米与大米浸润在热水中，放凉，用白砂糖调匀，待用。与荤食不同的是，甜米饭合碗先把配料放于碗底，配料一般是红枣、葡萄干之类的吃食，放在碗底，这样能确保倒扣过来时，让食客们第一时间看到不同色彩的美味，在色香上抢占先机。

为什么合碗一定要用陶碗呢？

我曾问过不少大厨。有的说，陶碗粗糙，最能透气，清新酣畅，这样蒸出来的菜肴口感最好；也有的说，陶碗是土做的，最能接地气，最适宜用来盛放蒸食土地上生长、行走的动植物美味。

的确如此。然而，我却一直替陶碗们鸣不平。眼看着一只只合碗被倒扣在碟子里，端到了餐桌上，空留陶碗被冷落在一旁慢慢冷却。

但陶碗并不在乎，眼看着从自己“襁褓”中走出的孩子日渐成熟，瓜熟蒂落，这是个自然过程，就好比“道士下山”“雏鸟振翅”，理应高兴才是。

是的，陶碗是餐具中的隐士，它从不计较，从不争名夺利，也从来听不到别人对美味的夸赞。但这不妨碍它一次又一次地为饕客们输送美味。炙热的水蒸气蒸馏，陶碗气定神闲，如炼丹炉中修炼的孙行者，那些陶碗里的美味，都是它们的火眼金睛。

条笆：板车上的长城

父亲不光是一名中医，业余的时候，他也是一位藤匠。

父亲最擅长做的是条笆。条笆，顾名思义，用藤条做成的篱笆。有趣的是，这种条笆不是用在别处，而是用在板车上。

有过农村生活经验的人都知道，板车的车厢并不是全包围的结构，仅仅是中间有围栏，前后是没有围栏的。在乡间，若是收了玉米，玉米棒子直接扔在板车上很难拉走，这时候就需要条笆。

条笆是一种半弧形的藤编农具，用来堵在板车两端，防止板车上的农产品滑落下来。条笆分两种：围成一个椭圆形的叫“大条笆”，这种条笆是一个整体，嵌在板车的车厢里；还有一种“小条笆”，只需要堵在板车前后两端。

条笆牢稳地卡在板车上，任凭板车拉着几吨重的麦子，也不会轻易垮掉。藤条有韧性，数根藤条编织在一起，就更加有了力量，稳稳地卡在板车上，需要很大的劲才能把它从板车车厢里取下来。

我见过父亲编条笆的情景，新割下来的藤条，约有小拇指粗细，割下来之后，需要放在水中泡，以增强藤条的韧性，防止在编织条笆的过程中断裂。藤条在水中泡上两天以上，便可以取出来用了。

父亲事先用钢筋在地上钻出一尺深的洞眼儿，如果想做大条笆，就让这些洞眼儿围拢成椭圆形，如果想做小条笆，就围拢成圆弧形，尺寸视板车车厢的大小而定。然后把藤条按照经纬的方式编织起来，最后把边缘的藤条梢握成弯儿，塞进已经编织好的条笆纹理里，好像是包饺子捏好了边儿，这样，一副条笆很快就做好了。

父亲的手劲大，握着藤条，犹如捏草根一般，游刃有余，密密匝匝的藤条，被编织在一起，十分牢靠，尤为耐用。父亲编条笆纯粹是为自家用着方便，农闲的时候，也有人拎着酒，到家里来，让父亲帮着编一副条笆。他向来是不会拒绝的，事先量好了板车车厢，把别人拿过来的藤条沉浸到村口的小溪里，然后撂下一句“一个星期后来拿吧”，邻居心里有了谱，定会笑嘻嘻地离开。几天后，如约而至的邻居定会领走他们满意的条笆。父亲望着满村子的板车上，基本上都是自己的作品，心里有着别样的甜蜜。

条笆，好像是一道编织在板车上的围栏，也像是一座坝子，揽着板车上的货物不会中途因颠簸而撒掉，更像是一位母亲，揽着她的孩子。所以，我有时候想，家如板车，会编条笆的父亲，也在用自己的一生为我们编织一个牢靠的条笆，编织一个温暖的小巢，他把自己的勤奋与爱都编织到了这种别样的经纬里，甚至我们可以把它称为“爱的长城”。

亭亭如盖油布伞

在我幼年的印象里，我是没有力气去撑开一把油布伞的。

在我看来，撑开油布伞是一项大工程。油布伞都是纯手工制作，不比现在轻滑的铁质伞架，油布伞是木头做的伞柄，竹子做的伞骨，棉布被抹了桐油和柿子油，撑开它，需要用很大的力气才行。当然，每次撑伞都是父亲的活，油布伞撑开，一股清爽的竹子香散布开来，那满院子的雨，立马就给隔在了世界之外。

那个伞下的小世界，通常是父亲擎着，他怀里抱着我的妹妹，我拽着父亲的衣角，快步从这个屋子走到那个屋子。然后，“吱呀”一声，合上伞，靠在门上，一淙雨水顺着伞布倒流下来，汇成一条小水流，跑到了门后。

一把油布伞，只要虫不吃鼠不咬，便可以用很多年，用到伞柄上有了包浆，伞布被雨水洗得油亮油亮，甚至连伞骨都换了很多根，依然可以用。

伞，是特别能给人安全感的事物。印象中，小时候，父亲在村子外的村部开了一家诊所，我们住在村子里。傍晚，我和妹妹去父亲的诊所玩，突然就飘起了鹅毛大雪，掌灯时分，仍不见雪停，父亲就从箱子里拿出油布伞来，“吱呀”一声撑开，那伞，亭亭如盖，父亲把围巾给妹妹围上，我跟着父亲深一脚浅一脚地踩着雪，嘎吱嘎吱地向家里赶。家里，母亲炖着一锅热乎乎的粉条汤在等我们。

有时候，即便是在雪夜雨夜，也会有人敲我们家的门，都是来找父亲看病的。快要走出家门的时候，母亲总会提醒一句“别忘了油布伞”。父亲撑开伞，冲进风雨里，就这样，持续多年。后来，父亲用油漆在油布伞上画了一个“十”字，那是医疗机构的最早标志，如今都已经改了。我们家的旧物，还有那把被父亲画上“十”字的油布伞，多少年，都舍不得丢弃。

伞，是爱情的产物。最早被鲁班发明，据说他的妻子怕雨，每次下雨就不敢出门，鲁班就用木头、竹子、麻布等做成了伞。这样，即便是在雨天，鲁妻也能撑着它在雨地里浪漫地踱步。后来，许仙在西湖为白素贞送伞，也成就了一段爱情佳话，这些都与伞相关，伞成了他们的媒人，或是感情的催化剂。

有个词叫“亭亭如盖”，其实，“盖”就是可以移动的亭子，也就是伞。人们多用它来形容荷叶，说来也是，荷叶太像伞了，甚至我怀疑，当初鲁班发明伞，是不是从荷叶身上得到的灵感。

一柄油布伞，见证了多少浪漫的情怀。江南的春雨里，姑苏的小巷里，北国的茫茫雪原，京华的烟云下，都有油布伞的影子，擎着一柄油布伞向前走，风萧萧，雪狂舞，无边的雨雪都被挡在了身后……

瓦当与滴水：建筑的帽徽和刘海

建筑之美，不光在于它的整体风貌，还在于它的每一处细节，比如，瓦当与滴水。

瓦当，是古建筑上位于筒瓦最前端的挡头。如果说屋檐是建筑的帽子，那么，瓦当就好似一座建筑的帽徽。这种从春秋战国时期就出现的帽徽，多为陶瓦、琉璃瓦材质，后来也发现有金属材质，多为显贵们的把玩艺术品或者是随葬品。瓦当上，多印有兽纹、饕餮纹、植物纹以及吉祥祝语，多为四字或两字。

亳州北关历史街区，多以明清历史建筑为主，其中，会馆、茶楼、民居的屋檐上，多有瓦当存在。这些瓦当，主要用于装饰和美化建筑的檐头，也可以遮蔽筒瓦的空隙，防止鸟雀或老鼠钻进去，对屋檐造成破坏。

亳州地处皖北，应属中原地区，瓦当兼收并蓄，且为曹操、曹丕、曹植的故乡，所以，在瓦当的样式上，多为兽纹。东汉末年，人们对“朱雀”“玄武”“青龙”“白虎”尤为崇拜。曹植曾在《神龟赋》里这样说："嘉四灵之建德，各潜位乎一方。苍龙虬于东岳，白虎啸于西冈。玄武集于寒门，朱雀栖于南乡。"足见，此"四神"在人们心中的地位。直至如今，民间建房子，还要在梁头上写副对联："白虎架金梁，青龙扶玉柱"。

建筑与风水，似乎自古以来都是一对孪生兄弟。运用在瓦当上，更是恰如其分。四方之神驻守在建筑的瓦当上，"朱雀""玄武""青龙""白虎"，伏在瓦当上，似一个个守护神，给一座建筑，给一户人家，给万家灯火营造祥和，制造美感，更成为传世的建筑模本。

我曾在朱公书院的屋檐上看到许多莲花瓦当，寓意清廉；也曾在岳武穆王庙前见到许多兽纹瓦当，似在诉说当年岳飞戎马倥偬的往事；也曾在福建会馆上见到许多植物图案的瓦当，以梅兰竹菊为主，和气生财嘛，有的还有鹿纹，寓意福禄；花戏楼上的瓦当当属华丽，多为琉璃瓦当，以瑞兽、麒麟为主，端庄威武；许多民宅上，也有瓦当，只不过不像会馆那样讲究，有的甚至没有图案，也一样让人看得简朴，更符合道家返璞归真的意思。

尽管时光飞逝，到了明清时期，但亳州人乃至外地客商在亳营造屋宇，仍沿袭当地的传统，并在有些建筑上选用文字瓦当，比如，"长乐未央""延年益寿""富贵"等。安居方以乐业，在组建一个家庭的开始，就事先把所有对生活的嘱托、愿景写在了瓦当上，自此开始，家庭美满、慈祥安宁、四世同堂、家和万事兴。

如果说瓦当是一座建筑的"帽徽"，那么，滴水就应该是它的"刘海"了。

滴水多成三角形，最长的一边倒挂在屋檐上。毛毛细雨密密匝匝，小雨在滴水上如断了线的珠子，滴下来，有一种安逸的美；大雨倾盆，水流从屋脊上顺流而下，奔涌到屋檐上，似瀑布，从滴水上滑下来，也似乡间调皮的男孩在玩滑滑梯的游戏。

滴水一排排贴在屋檐上，屋檐如黑发，滴水是它俏皮的刘海，更是最接地气的一组建筑构件。你想呀，屋脊多高高在上，挺直了脊梁在万千建筑中释放着峭拔与刚毅，它无疑是男性的，而滴水恰在屋檐的最下端，除了接触的是雨水和霜雪，平日里多与阳光、燕子、麻雀亲昵，它是最平易近人的贵族，是婉约的，也是女性的，惹人爱怜。

屋宇静默，坐落在那里，不声不响，滴水如飞累了停栖在上面的蝴蝶，最后，竟然化成了建筑的一部分。

曾有个想法，让无人机飞到故乡的文峰塔——薛阁塔的塔顶去，看一看她的筒瓦和滴水，这样一位身材高挑的女子，她的“刘海”一定更美妙，她位于亳州南郊，一望数百年，望穿了秋水，更像自由女神一样，播撒了许多智慧的目光……

屋脊上的姜子牙

在皖北人的屋脊上，常常砌有一个莲花状的吉祥物。用小瓦垒成，似乎让人看不出所以然。问了老辈人方知，这是始于一种民间传说。据传，姜子牙在封神的时候，三百六十路神仙全部封完，却唯独忘了封自己的神位。最后，只有屈居民间的屋脊上。

这只是《封神演义》里的神话传说，但我们多少可以从姜子牙封神这件事上看出一些温暖的东西来。一个有资格封神的人，会忘了封自己？恐怕不是忘，而是故意让。姜子牙当时已经位极人臣，享受着人间的荣华富贵，他一定是觉得此生足矣，何必升仙？尽管如此，姜子牙一样受民间尊重，每逢建造屋宇，都会把他置于高高的屋脊上，寓意他至高无上的地位，并让他享受第一缕香火，并有“姜太公在兹，诸神退位”的意思。

足见，一个人受到的尊重程度如何，不是看他居于何等职位，而在于别人是否在他们心里最高尚的地方给你留有位置。

锡包壶

从古至今，玩壶者数不胜数，开壶、冲茗、日日把玩，难免会有失手的时候，若是不小心摔掉了壶嘴、壶把，或者是摔裂了壶身，扔掉可惜，不扔掉又有瑕疵。清代嘉庆年间，有位名叫朱石梅的文人从民间匠人那里发现了一种技艺，拯救了这些残缺的紫砂壶，让它们化腐朽为神奇，给紫砂壶带来了二次生命。

朱石梅用烧化的锡，来做出各种图案，譬如祥云、蝙蝠、梅兰竹菊等，贴在残破的壶身上，有的还用美玉来雕琢点缀，让原本丢弃的紫砂壶重新获得主人的喜爱，这种手工艺做出来的紫砂壶被誉为“锡包壶”。

锡包壶原本只是为了修补残破的紫砂壶，后来这种技艺被用在了紫砂壶的装饰上，给原本典雅美观的紫砂壶包上锡块，稍加点缀并贴上玉石玛瑙，就如同士兵穿上铠甲，顿时威武雄壮了许多。由原来的化腐朽为神奇，变成了给紫砂壶“穿衣搭配”，提升了紫砂壶的价值。

在蒙城县城区的一条深巷里，听着叮叮当当一阵细密如雨的响声，我们走进了匠人陈宝玉先生家中。这是一个祖辈以打铁为生的家庭。陈宝玉从父辈们的手艺中汲取智慧，由打造铁器，摇身一变，变成制作工艺品，他的精湛技艺延续了清代以来锡包壶的制作技艺，现已成功申请省级非物质文化遗产保护项目。

见过许多优秀的锡包壶作品，紫砂为胎、锡为衣、玉石为点缀。修补的壶要比原本完整的紫砂壶要贵得多，在国内外的许多拍卖会上拍出惊人的高价；完整的紫砂壶穿上了锡衣、戴上了玉坠，就更是价值不菲。

明亮而有金属光泽的锡，好似摇篮，托载着紫砂壶在工艺的海洋里荡漾，在灯光璀璨的展柜里闪耀光华，好比走红毯的明星，接受各种闪光灯的聚焦、拍照——它，就是艺术与审美的宠儿。

社会呼唤“匠人精神”。一壶一形，锡包壶的制作技艺，全靠手工打造，手工制锡，手工打磨抛光，手工镶玉。我曾多次见过锡包壶的制作匠人如修道一般打磨，如入禅定一般端详，而后，继续完善，直到一只壶完美嬗变，匠人们才会松下一口气，眉头舒展，大功告成。

有时候，我总觉得锡与玉好似锡包壶的一双翅膀，在匠人的巧夺天工之技艺成全下，那些壶飞了起来。

錾 磨

看朋友圈，有位做媒体的朋友发了一张照片，一张瞬间击中我的照片，照片上，一条老街，巷口处，一位老人正在用自制的工具在錾磨。

錾磨，也许是注定要消失的一件手艺。磨盘，是旧时农业文明的产物，磨盘分上下两盘，中间有圆形的孔，是磨盘的心，上下扣在一起，借由人力或牲口推动上面的磨盘，两只雕刻有凹槽纹痕的磨盘咬合摩擦，把谷物碾碎。那些雪白的面粉、黄灿灿的玉米面从两扇磨盘之间滑落下来，如纷纷雪落。

然而，随着时间推移，磨盘用得久了，凹槽和纹痕被逐渐磨平，就需要找一位师傅重新来敲凿出纹痕，这个重新让磨盘恢复纹痕的过程就是錾磨。

錾磨绝对是一件手艺活，需要巧妙的体力，也需要高超的技术，用力不匀，凹槽深浅不一，容易塞到粮食，用力过猛，可能敲碎磨盘，或者凹槽不在一条线上，磨盘也基本上算是废了一半。

我见过几次錾磨的过程，錾磨的师傅被请到家里来，搬下来錾磨的平台，把磨盘倒扣过来，凹槽一侧朝上，錾磨的师傅掇一条凳子坐下来，一只脚踏着磨盘架子，用手中的剁子剁槽，他们通常是左手握錾子，右手挥锤子，一沟一沟地錾，不紧不慢的，用力均匀。似在雕刻一件艺术品。

刘庆邦先生在小说《手艺》里有过錾磨的描写：

> 他把錾子倾斜着，每錾一下，就把錾子拉得向后滑动一下。锤子打在錾子上，响。錾子凿在石头上，响。錾尖在槽沟里划过，也响。这是三种不同的音响，走的却是统一的节律。这就有些好听，像是他在石磨上弹奏着什么……铸钢的錾子每在石头上凿一下，錾尖那里就会冒起一朵烟雾，间或溅起一簇火星。不论是烟雾还是火星，都散发着一种香味，一种古老而厚实的臭香味。

应该说，这段描写细腻而优美，他的笔触犹如錾磨的錾子，把錾磨的过程写得入木三分。

在旧时，錾磨匠人备受推崇，许多人想学錾磨，必须由家长拎着老街深处的点心，亲自登门去拜师，师父愿意收下你，你才可以学习錾磨。那些来学习錾磨的孩子，师父一般会让你伸出手来看：太胖的手不行，师父说你富贵命，握不了锤子；太瘦的也不行，师父说你文弱。錾磨师父多喜欢选择手掌宽大灵活，不厚不薄的孩子来做自己的徒弟。在旧时，这就算是师父赏你口饭吃。

拜师要给师父磕头，并且要手扶着磨盘发誓，心无杂念，一心錾磨。

也许你觉得这像极了基督教徒摸着《圣经》发誓的场景。没错，对于一个錾磨的匠人来说，手艺就是他们的《圣经》，手艺学砸啦，砸坏了别人的磨盘，你的饭碗也就没有了。师父还要跟着颜面扫地，受别人数落——“谁谁谁教的什么徒弟，把我们家磨盘都给砸啦!”

尤其是在平原地区，石头稀罕，磨盘是很金贵的。旧时，一家人吃的粮食全靠磨盘来磨，磨不出粮食，就等于是“掐了人家的火（不让别人家吃饭的意思）”，足见，技艺精湛对于一位錾磨匠人的重要性。

随着时光流逝，面粉机逐渐取代了磨盘，磨盘退出了江湖，转而被一些茶馆、酒吧、温泉度假村收走，他们用这些磨盘来铺地，做所谓的“枯山水”，有的还搭配石槽，做一些水景，甚为俏皮。但在我看来，这些磨盘是悲哀的，就好比特种兵不让他们打仗，让他们每天在机关单位门前站岗。

不得不承认，有相当长的一段时间，我们甚至遗忘了磨盘，更把錾磨这门手艺抛诸脑后。直到近期，“手工研磨的小麦粉”等噱头被炒得越来越热，许多人开始直播“石磨小麦粉研磨的全过程”。所以，錾磨这门手艺被重新打捞，我们又能在老街深处见到这些风烛残年的老人。

我觉得，錾磨这门技艺也可以申请非物质文化遗产保护项目了，这样，多少可以让这份技艺薪火相传下去，在历史的石块上再多留一段印痕……

第二辑

芳菲集

晚饭花

我先前一直不知道晚饭花为何物。只从汪曾祺的小说里读到，说它是“野茉莉”，多在黄昏开花，尤其是晚饭时候开得最烈。

野茉莉这个名字我很喜欢，性感，且又生命力顽强，什么时候才能见到野茉莉呢？

后来，见了图谱才知道，原来我一直和晚饭花生活在一起。

旧时，那些皖北乡间贱贱的植物，在田间地头、林下溪渠野蛮生长，从不在乎肥料，也不挑选土壤，种子落到哪里，就在哪里生根发芽。晚饭花也是这样，只不过，在我的故乡亳州，晚饭花一直被称为“天麻”。

天麻是何其名贵的中药材？怎能混为一谈？深究其原因，老辈人说，旧时的乡间见不得时髦的名字，譬如，给自己孩子取名字，也常常唤作“狗剩儿”“尿罐儿”，总之，什么腌臜，什么名字贱，就取什么。

乡下人把植物和谷物也看成是自己的孩子，因此，往往也给它们起一个“好养”的贱名字，他们是希冀那些植物像自己的孩子一样茁壮成长。

还有一层原因，皖北人这么喜爱晚饭花，无非是因为这些花儿们长得太娇美了。玫红的喇叭状花朵，色彩娇艳欲滴，让人看上去就生发一种怜香惜玉的感觉。青绿的花棵，像是一根根老者用过的拐杖，很有岁月感，旁逸斜出的枝枝叶叶清一色泛着绿，托举着这些玫红色的花朵，众星捧月一般，煞为神圣。

武侠小说中，常常看到吃花的女子，烟火绝尘，貌若天仙。乡下生长的女孩子也一样爱美，她们不会吃花，却懂得把晚饭花采下来几朵，在指尖揉捏几下，一股带着油脂样的嫣红溢出来，女孩子们把这些颜色涂抹在指尖上，那应该是世界上最早的“指甲油”。

我还曾见过手巧的女孩子，把晚饭花夹在崭新的笔记本中间，放到书架上，第二天取出来，笔记本的两页上已经留下了清晰可见的两朵晚饭花印记，那是晚饭花的魂。

不仅女孩子喜欢晚饭花，男孩子也喜欢。只不过，女孩子喜欢晚饭花的花朵，男孩子喜欢它的果实。晚饭花谢了之后，花苞旁会结满一颗颗比黄豆稍小一些的颗粒，最开始还是青色，后来逐渐变成墨色。男孩子们收集到这些种子之后，到后园里砍下一棵拇指粗细的竹竿，取下一节，然后把晚饭花籽儿含在嘴里，突突突，晚饭花籽儿被机关枪一样的竹管发射出来，那是乡间最早的“枪支”，也是游戏里最棒的“火力”。

故乡是药都，常常也见到有邻人大片大片地种植晚饭花，只不过他们不是观赏，而是取晚饭花的根茎做药，我也见过晚饭花的根茎，外面像黑毛猪的皮一样粗糙，据说，可以治吐血。这点，在吴其癌的《植物名实图考》里有记载：

野茉莉，处处有之，极易繁衍。高二三尺，枝叶披纷，肥者可荫五六尺。花如茉莉而长大，其色多种易变。子如豆，深黑有细纹，中有瓤，白色，可作粉，故又名粉豆花。曝干作蔬，与马兰头相类。根大者如拳、黑硬，俚医以治吐血。

我曾见过一位唱了一辈子花旦的戏曲家，她非常喜欢晚饭花。她说，每一朵晚饭花都是一位旧社会里受了苦难的女子，今生今世，化作一朵嫣红，来铺陈她们的冤屈。

我曾见过一位生活在皖北的上海阿婆，她是留下来的知青，她在院子里只种植晚饭花。她说，她下放到皖北乡间的时候，有位帅小伙就送过她一棵晚饭花，他们最终并没有走到一起，那位帅小伙为了救下一个孩子，被一头疯牛给撞了，只留下地上一摊血迹，像极了晚饭花的颜色……

春日溪头婆婆丁

春天来的时候，我喜欢缘溪而行，除了看那“春江水暖鸭先知”，另外看的就是那些鲜嫩的婆婆丁。

婆婆丁是皖北人对它的惯常叫法，它的学名叫“蒲公英”，这个集万千梦幻与童真于一身的名字，想必妇孺皆知。然而，我还是喜欢叫它“婆婆丁”。

孩提时，我是在皖北农村长大的。那时候，我才几岁，春雪融化有了些时日，沙土松软，我跟着祖母在皖北平原的沙土地上一歪一扭地走着，祖母挎着个竹篮，里面放着一把小铲子。遇见了一棵棵绿油油、叶片呈锯齿状的植物，祖母就把它铲起来，放在篮子里，每铲一棵，祖母脸上的笑容就闪现一次。

我问祖母：“这种草能吃吗？”

祖母答：“当然能，等一下我做好了，你可不要吃了第一碗，还想着第二碗。”

我半信半疑，一路跟祖母向前走着，春日的溪水清澈得像流淌着的一汪油，时不时还有水鸟钻出来。祖母幽幽地唱着：“黄花郎，晒太阳，土里生，土里长，长大了，翅膀硬，离开爹和娘，山山水水都看遍，他乡继续生黄郎。”

祖母唱的黄花郎，也是婆婆丁，只不过是长大的婆婆丁，婆婆丁长大了，先是开黄花，这种黄花也可以吃，有草木的清香，看起来像一个个乡间的毛头小子，故名“黄花郎”。黄花郎再继续生长，黄花变白，花瓣变成迷离的棉絮状，就成了随风飘荡的蒲公英。我们喜欢趴在蒲公英的花棵边，吸气鼓满口腔一吹，蒲公英就变成了一只只降落伞，飞得满世界都是——这些，是那些没在乡间生活过的孩子所体会不到的乐趣。

抛开长大以后的蒲公英，我们还是说说它是婆婆丁的时候。祖母把那些新采来的婆婆丁连同竹篮放在压水井下，冲淋一番，婆婆丁立马鲜嫩可人，把洗净的婆婆丁趁着水意，择净枯萎的黄叶，用面粉一拌，放在笼屉的纱布上去蒸，水沸三滚儿，锅灶里吐出来的全是春天的草木清香，这时候，婆婆丁就可以出锅了。

出锅的婆婆丁放在瓦盆里，祖母麻利地撒上白砂盐，用竹筷调匀后，淋上麻油。我至今记得那味道，婆婆丁的清苦越嚼越甜，面粉在口腔里与婆婆丁包裹在一起，那感觉，有一种被祖母搂在怀里的温暖和甜蜜。我至今记得，我第一次吃了三碗婆婆丁，完全把当时很紧俏的白面馒头遗忘在馍筐里。

接下来的时光，我会日日缠着祖母，让她带我去溪头铲婆婆丁来蒸食，婆婆丁好吃的光景也就一个月左右，再往下，就多了些苦意，叶脉之间也多了许多纤维的粗粝感。所以，我会趁着婆婆丁的“好光景”，尽情享受春光。

老实说，那时候，也是祖母的好光景，60 岁左右，正是阅历丰富，人事洞明，最懂得疼爱子孙的时候。祖母是个勤劳的人，也是个善良的乡间女人，她常常把蒸好的婆婆丁和邻居家一起分食，尽管那时候我还不知道“分享”这个词的魅力，只知道，很多时候，邻居家也会拿一些肉食，端到我家灶台前，亲昵地说："让娃娃们一起尝尝……"

可以说，微苦的婆婆丁成就了我童年的甜蜜，以至于多年以后，我只要春天回故乡，祖母都要为我做婆婆丁。祖母故去以后，按照风俗，农村人都要找风水先生看坟地，祖母坚持不肯，她说："就把我葬在沟边的那块喜欢长'黄花郎'的地头吧。这样，春天来的时候，黄花郎开花了，我就如同看见你们……"

我们谨遵祖母的遗愿，把她的另一个家安在了溪边的那个地头，周围，满是婆婆丁。

马上又要清明，遍地的黄花郎就要开了。我会带上纸钱，到祖母的坟前与她唠唠嗑，提醒她，黄花郎开了，黄灿灿的，像儿孙们的笑脸。

春天里来荠菜香

荠菜是最土气的乡间吃食，当然，也是如今最时髦的城市吃食。中国人向来推崇“否极泰来”和“返璞归真”这八个字，用在荠菜身上也合适。

为什么呢？

小时候，总听老辈人说，每逢过贱年（皖北人对“饥荒年”的通俗说法），村子里的人就疯狂地到田间挖荠菜，把它剁碎，添加一些杂粮面，做成饽饽来充饥。那时候，荠菜不是调味品，也不当蔬菜吃，而是“面不够，菜来凑”，它就是个充数的家伙。

十几岁时，我见母亲把荠菜裹面粉蒸食，异常鲜美。在皖北人眼里，一切蔬菜皆可蒸食。荠菜这时候才真正脱去“凑数”的配角，名副其实地被称为“菜”。

后来，去省城合肥上了大学，常常在街头遇见小吃摊点，手推车推着，里面装着两副炉灶，多为夫妻档，男的擀面皮，女的包馅儿，做的正是荠菜馅儿的饺子。我一直很奇怪，合肥的餐馆里很少能买到纯肉馅儿的饺子，要吃，都是荠菜馅儿的。对荠菜，那叫一个钟爱有加。所以，在合肥的那几年，所有关于饺子的印象，都飘着淡淡的荠菜香味。

去年，我去南京旅游，住在一家民宿里，清晨醒来，店主人端上来一道菜，我看起来甚为惊奇——荠菜花煮鸡蛋。问其何故，才知道那一日是农历三月初三。女店主说，今天是上巳节，我们这里有一种风俗就是吃荠菜花煮的鸡蛋，能消灾辟邪，保各位旅途顺达。这趟旅程，因为有了女主人的热心和荠菜花的清香，显得格外别致。

关于上巳节吃荠菜花的习俗，我查阅了一下资料，竟然源于人们对荠菜的崇拜。原来，传说农历三月初三是荠菜的生日，这一天吃荠菜，取的是“吉祥”的谐音，讨个好彩头。

除此之外，《西湖游览志》也有这样的记载：“三月三日，男女皆戴荠菜花。谚云：三春戴荠花，桃李羞繁华。”这取的是一个好看！而顾禄则在《清嘉录》里这样说：“荠菜花俗呼野菜花，因谚有‘三月三蚂蚁上灶山’之语，三日人家皆以野菜花置灶径上，以厌虫蚁。侵晨村童叫卖不绝。或妇女簪髻上以祈清目，俗号眼亮花。”原来，眼前一亮，只因荠菜花耀眼所致，真是开了眼界。

百般吃法，百般装扮，荠菜显得百般讨人喜欢。其实，喜欢吃荠菜的何止今人？

苏东坡也对荠菜青眼有加，甚至可以说是欲罢不能。他曾在《与徐十二书》里这样写道：“今日食荠极美……虽不甘于五味，而有味外之美，其法取荠一二升许，净择，入淘米三合，冷水三升，生姜不去皮，捶两指大同入釜中，浇生油一砚壳，当于羹面上……不得入盐醋，君若知此味，则陆海八珍，皆可鄙厌也。”陆海八珍又算得了什么，和荠菜比起来，全都白瞎。如此赞美荠菜，恐怕古今中外尚属第一人。

写这篇文字的时候正值阳春，当这篇文章即将收尾的时候，透过敞开的窗口，闻见邻居家的厨房里飘来荠菜的香。

苋菜的前世是多情人

我猜，苋菜的前世一定是多情的人，前世的余情未了，今生化作一株草，在春天里站在路旁等那个他从自己身前经过。祖母一边说着这样一席话，一边夹起来一筷子苋菜说："吃，孩子，苋菜好吃着呢。"

苋菜，是乡间最常见的野草，叶脉青中带紫，叶片整体是绿色，中间带紫，似孩童所施的胭脂。苋菜，闻起来有一股草木气息，望着那一抹紫色，闻着那一缕清香，总给人一股梦幻的气息。

据说，当年出函谷关，紫气东来，函谷关四周长的草皆为苋菜。所以，苋菜是最有内涵的野菜，也是最有文化气息的野菜，甚至在很多地方，被人称为"汉菜"。这样一揣测，"紫气东来"的紫，是不是尹喜看到的不光有紫霞，还有苋菜，查一查苋菜的营养和药用价值就知道了，苋菜能明目，还能补气，此气，不光是气血，还有紫气东来之"气"。

祖母最擅长做苋菜，烧开一锅水，把洗净的苋菜放在水中一焯，捞出来，放在瓷盘里，苋菜的汁液如血一般，给盘子铺上一层水彩。所以，这种菜，不仅好吃，而且好看。焯水后的苋菜用食盐、麻油调拌均匀，吃起来，清香无比，大快朵颐。

在故乡亳州，苋菜还有一种吃法，就是用来下面条。面条煮好后，放上一把苋菜，煮沸一滚，与面一起捞出来，放了苋菜的面条，汤色红郁，如红酒一般。祖母说，这种面吃了是美容的，尤其是女孩子吃了，女大十八变，越变越好看。

我有一位堂叔，年轻时就是文艺气息浓郁的文艺青年，他曾在云南做药材生意。一次拉着一车药材，因泥石流被困在一个山坳里，饥肠辘辘，往山坳里的一所小学校走去，学校一角，炊烟袅袅，一位长得很像明星李玲玉的女教师刚刚调好一盘苋菜，手里拿着一个白面馒头，看着堂叔饥饿的样子，想都没想，连馒头带菜递给了堂叔。堂叔说，那盘苋菜是他此生吃过的最美味的菜肴。

那时候，堂叔还没结婚，从那以后，堂叔与那位女教师因一盘苋菜结缘，竟然产生了爱慕情愫。两人相恋了五六年，本来就打算谈婚论嫁了。后来，出了意外，一天夜里，山洪暴发，泥石流把那所小学给掩埋了，当时女教师还在学校批改作业。两人没能终成眷属，但直到今天，每到春夏之交，堂叔除了苋菜，就不再吃别的菜了。这话，也是祖母告诉我的，听她讲完这个故事，再想起苋菜的汁液，脑海里浮现的都是那个词：血色浪漫。

是的，苋菜的前世一定是多情的人，它站在路边，为的是等到那个有缘人，把自己吃掉，这样，它就与那个人融为一体了。

碗中弄莲子

在一个“飞花令”古诗词赏读大赛当评委，频繁听到这样的句子：“鱼戏莲叶间。鱼戏莲叶东，鱼戏莲叶西，鱼戏莲叶南，鱼戏莲叶北。”年少时读书，总把“东、西、南、北”说成是“东、南、西、北”，这次不光加深了记忆，还重温了一连串和“莲”有关的诗词，比如“低头弄莲子，莲子清如水”。一枚莲子，颗粒饱满，在夏至刚来的节气里，格外应景，也格外带给人清爽和舒适感。

回家，翻开线装的《随园食单》，找到“莲子”一节，收获如下文字：“建莲虽贵，不如湖莲之易煮也。大概小熟，抽心去皮，后下汤，用文火煨之，闷住合盖，不可开视，不可停火。如此两炷香，则莲子熟时，不生骨矣。”这样的文字，真是读起来齿颊生香。

莲子的吃法有好多种，煮粥是相当“平民化”的一种。莲子从莲蓬里剥出来，去掉莲子心，与大米、糯米、百合同煮，不光有米香，还有一股悦人的清爽气息，感觉有万亩荷塘在你的面前铺开，你泛舟湖上，处处可寻接天莲叶，渔舟、浣女、鸥鸟、蓝天、白云，天光云影共徘徊，一碗莲子粥，吃出来的一幅山水画，甚至远超于此。

我吃粥，不喜欢烂如泥的米糊。一碗粥，好比一面湖，筷子就是船桨，下筷处，桨声欸乃，要能捞出来些许东西，若捞出来的还是大米，那就无趣了。因此，我煮粥，必须要煮之有物，比如，豇豆、花生、麦仁等，若能捞出来些许莲子，那就快意丛生了，一颗颗莲子，在味蕾上轰然炸开，这该是怎样的满足感？

我一直觉得，粥是最有趣味的文人吃食。吃粥的人儒雅，一碗、一盏、一勺，有一君、一臣、一奴之意蕴，当然，我习惯上把它们看成——碗是书生，盏是桌案，勺是佳人，侧旁而立，红袖添香。人生本不易，如果吃再吃不出意趣来，岂不失落？

还有更有趣的饕客，把莲子做成莲子羹，取出一只苹果来，从上半个切出一个横断面，中间苹果芯掏空，把莲子羹盛进去，上面放上一颗娇艳欲滴的樱桃，算是画龙点睛之笔。这样的莲子羹，有莲子味道、樱桃的味道，兼具苹果的香氛，真是无限风雅。

小小的一枚莲子，吃法多种，非常经得起碗筷的“推敲”。所以，低头弄莲子，也可以在碗中。

提及“碗”，我突然又想起“碗莲”，关于碗莲，沈三白在《浮生六记》里这样有趣地记载：“以老蓬子磨薄两头，入蛋壳使鸡翼之，俟雏成取出，用久中燕巢泥加天门冬十分之二，捣烂拌匀，植于小器中，灌以河水，晒以朝阳，花发大如酒杯，缩缩如碗口，亭亭可爱。”这种莲，非要以“碗”来命名，取悦的是我们的眼睛，而非嘴巴，但不知怎的，我总觉得，赏心悦目的，多半也能给口腹带来间接的愉悦感。

采　菱

菱角，是落在水里的星星。

一弯月，落入深潭，诗仙太白去捞，这一举动，关乎灵魂。

一颗星，水里含香，我们去捞它，这一举动，关乎口腹，实为采菱。

采菱，是多么美的举止。六朝时期，莲动下渔舟，女人们唱着渔歌，挽起袖子，露出玉腕，在水中捞起一串菱角，那场面，只有用中国画来表达。菱叶菱花贴水生，菱湖十里棹歌声，何其美的画面，采菱的女子嘴角一定是挂着笑意的，这不光是丰收的喜悦，更具美感的是，一低头，清澈的水面上，就有自己菱花一样的笑容。

我曾在故乡的荷塘里采过菱，岸边水草依依，接天莲叶无穷碧，荷花生处，水洼里多有菱角，伸手捞出来一颗，带出来一串带着湖腥气息的菱角，这些一生下来就自带“尖刀”的家伙，尖尖的形状可能会扎到你的手，但为了美味，采菱人才不在乎这些。小木筏子，或者索性就是两根横木，上面放着一只大木盆，捞一把菱角摘下来，“当啷”几声扔到盆内，似高妙的鼓曲，不多时，满满的一盆菱角就采好了。一帮孩子架着木盆，唱着《采菱歌》："菱角菱角你别笑，采下你来敬姥姥，姥姥吃了咧嘴笑，娃娃吃了乐弯腰……"满天星辉，回到家中，用刷子把菱角上的青苔洗净，露出菱角清俊的面容。这时候，可以直接放到锅内煮熟，掰开一颗，清香无比，似乎可以闻到半湖的菱花香。

外婆最喜欢给孩子们做菱角，她说，你们看，菱角的样子和蝙蝠是差不多的，旧时富贵人家的屋子上，总雕刻着蝙蝠，吃菱角的孩子，是在心里雕刻蝙蝠，会变得越来越有福气。说也奇怪，我们这些孩子也许是吃外婆做的菱角多了，现在，过得都还算富足。

一枚菱角，好似一条船，横亘在唐诗、宋词、元曲的水岸上，在诗人的口唇之间散发着光华；又好似一颗颗饱含能量的水生馒头，在许多乡村人家的餐桌上备受青睐。

个人觉得，菱角还是新鲜的好，晒干了，菱角的灵气就没有了，也少了许多鲜美。

前不久，在扬州瘦西湖，见有穿着印花蓝布的女子，挽着篮子，在兜售新采下来的菱角。那些菱角，犄角相抵，似乎带着一种坏坏的笑，在朝每一个感兴趣的人龇牙咧嘴，真讨喜。白居易曾唤菱角为"青角"，这些青面獠牙的小东西着实惹人喜爱，所以，诗人才会说："菱池如镜净无波，白点花稀青角多。"湖面静谧，菱是藏在湖中的君子，它们的才华从不外露，把果实都沉沉坠入水中，这样的低调，非君子无以比拟。

菱角好吃。袁枚在《随园食单》中这样吃菱角："煨鲜菱，以鸡汤滚之。上时将汤撤去一半。池中现起者才鲜，浮水面者才嫩。加新栗、白果煨烂，尤佳。或用糖亦可。作点心亦可。"这种做法，单从文字描述，就能感知到菱角的香。的确，袁枚写出来的好文字和美味一样令人垂涎。

如果说莲藕是儒雅的剑客，那么，菱角就是湖中的韦小宝了。菱角用其心思缜密的“坏”，在经营着自己内心的“美味”，它的形状看似叛逆，实则是心中有大爱的。不信，你掰开一颗菱角就明白了，它们雪白的内心足以印证一切。

日啖新菱两三颗，不辞长作采菱人。

桑葚之美

故乡亳州的村庄多种桑树，因为，这里最早是桑蚕的养殖地，也是著名的轻纱产地，陆游的《老学庵笔记》中曾经这样说："亳州出轻纱，举之若无，裁以为衣，真若烟雾。"足见这里轻纱之好，如果反推过来，这样的桑树生长茂盛，为蚕宝宝们健康成长准备了充足养料，再反推，这样的桑树葳蕤，桑葚也长得"红头酱脸"，红中带紫，是上好的滋补佳品。

犹记得小时候，每逢桑葚成熟的季节，总是爬到树上去吃，桑葚大补，吃多了，小孩子们扛不住，容易流鼻血。一开始不知何故，后来看了资料方知，在古时候，桑葚就作为宫廷贡品，是进贡给皇帝的第一滋补食品。

既然这么滋补，用它来做菜自然是再好不过，在故乡有家名叫"怀养堂"的餐厅，擅长做一道菜，名字是桑葚鸡腰。桑葚有明目、乌发的功效，还能滋阴养血、生津润燥，秋天来吃，还能缓解肠燥，真是个好东西。

桑葚鸡腰的做法稍稍有些复杂，但对于一个吃货来说，不复杂，便不美味，这又有何惧？取上好的鸡腰200克，洗净后，氽水，煮至半熟，捞出来放凉，用刀刃在鸡腰上划开一个小口，把外面的膜剥掉，然后，放在鸡汤内煮上半个小时，捞出来，待用。炒锅放油，油温 60 摄氏度左右，放入桑葚，桑葚微微变色后，放入鸡腰，稍稍翻炒，桑葚鸡腰就做成了。

桑葚与鸡腰同为滋补佳品，两者同食，桑葚可以避除鸡腰的腥气，也让鸡腰有甜丝丝的味道。桑葚中含有的脂肪酸，对软化血管有很好的疗效，资料显示，还能抗击乙型肝炎病毒、防癌抗癌等。因此，桑葚，是抢手的美味。

桑葚有良好的美容养颜功效，因此，还有一种吃法，深得女性朋友的喜爱。

用桑葚来榨汁，然后把黑豆放入桑葚汁中浸泡到膨大之后，蒸熟，然后再次用桑葚汁浸润，如此往复三五次，将红枣去核，与桑葚汁浸润的黑豆一起捣碎成泥，做成饼状，再次蒸熟，然后放凉，存于冰箱，可以作为甜点吃，味道美到难以罢口。这样吃，可以让秀发柔亮，脸蛋不搽胭脂，也时常红润。

当然，如果你是一名“肉食动物”，用桑葚来煨肉也是不错的选择，做法与东坡肉的做法无异，只不过加入了桑葚汁，去了油，丝毫不腻，吃起来，有一种果香，肉皮中的胶原蛋白与桑葚汁融合在一起，也是一道不错的“美人食”。

跨越夏秋两季，都是食桑葚的好时节，若您家门前也有桑葚，或者您家附近有桑葚采摘园，不妨采摘一些，可以直接当水果来吃，若是有闲情、有手艺，不妨也做几道可口的佳肴，与家人朋友一起分享，其乐融融，让情感在美味中升华。

桂花开时不切葱

桂花开，香远益清，满街巷子都是。花香飘飘荡荡，一路把自己的气息送到周遭的人家，凌波微步，随风起舞。

我家就在桂花树旁边，金秋一到，桂花一开，母亲做什么活计都格外小心。比如，鸡鸭会被提前圈起来，粪便及时打扫，院子里被扫得一尘不染，衣服最多两天都要洗一次。甚至，做菜的时候，母亲都不敢搅起大面积的油烟，就连葱花都不放。

母亲说，切葱的时候，会呛跑桂花的香气，浪费了桂花的香。母亲不懂得“暴殄天物”这个词，若是知道，她肯定会斩钉截铁地这样说。对，斩钉截铁，掷地有声，桂花开时不切葱！

母亲做什么菜肴呢?

素的，少油的，气味平淡的。或者是索性收集一些落下来的桂花，洗净了，用来做酒酿汤圆。大颗的那种，做好了，搬个竹凳，坐在院子里，吃得满心欢喜。

一树花开，给母亲带来这么大的改变，这匪夷所思吗?

我觉得不是。爱美之心人皆有之，常怀美妙，常拥花香，人心会潜移默化地向好。

桂花开时不切葱。这是母亲说的，母亲只有小学文化，却懂得生活中许多高学历的人都不懂的审美。

鬼圪针

有多少人还知道鬼圪针这种植物？

这种命名十分诡异的草，是鬼变的吗？还是上面托载着鬼的灵魂？

我小时候在野地里常见鬼圪针，这种在深秋成熟了容易钉着衣物不松口的圪针，异常讨厌，尤其是沾在了毛衣上，需要一根根来择掉，有些残刺还会留在上面，每次穿衣服都要扎你的肉，的确是鬼不缠。

圪针，也许大家还稍稍熟悉些，那些灌木丛中带刺的植物，或者是皂荚树上长出来的黑黑的毒刺丛，在乡间，都被我们唤作“圪针”。

鬼圪针不是木本，而是草本，也叫“婆婆针”。据传，在旧社会，有老太婆过得不好，终日郁郁寡欢。她死去后，化作一株鬼圪针，站在乡间的路边，等着她的仇人或者对她不好的人经过，用自己的小刺来扎那人——这似乎是一个复仇的故事，让人每次见到鬼圪针都十分忧心。

旧时的乡间，人们农闲下来，没事做，就喜欢对着自己不了解的草木给它编故事。长相好的草木，身上负载着爱情的美满，长相恶的，就被赋予消极与阴暗。最朴素的人，总是喜欢“以貌取人”，更是以貌取草，鬼圪针，似乎就是这样被命名的。

鬼圪针，其实在未成熟之前，颜色淡淡的发紫，很好看，成熟之后，才变成黑褐色。这种草木属于菊科，能入药，能活血化淤，治疗心脑血管疾病，它还有个非常富贵典雅的名字，叫“金盏银盘草”。可是，乡间的人哪里晓得这个名字，最多也只会给自己的子女取名“富贵”“银花”之类，至于金盏银盘，恐怕只在评书里听过，或者是闻所未闻。

也许是乡间的草木，多为青碧色，鬼圪针的颜色与众不同，才被人归为“异类”。

人们在改造大自然的时候一般如此，把自己无法认知或者不太喜欢的东西，想象成或归纳为另一个世界的东西，并千方百计地描摹其诡异性。

乡间没有魔幻，若有，最早的魔幻事物估计就是鬼圪针了。

然而，这种带刺的草木，我总觉得它并不那么可怕。甚至觉得它有些可爱，像极了生活中我们遇到的愤青，对生活中的诸多事物看不惯了，就张扬自己的个性，遇见实在侵犯自己的人，就刺你一下。即便如此，带给你的也是在可忍耐范围内的“小打小闹”，不伤大雅的。

鬼圪针只是它年老时候的样子，没有成熟的鬼圪针是可以吃的。把成棵的鬼圪针割下来，洗净，用水焯一下，可以凉拌，可以清炒，也可以炖汤，味道极其鲜美，还可以清热解毒，裨益身心。大部分人不知道这令人敬而远之的鬼圪针还有如此温馨的一面。

有时候，我似乎还能看到鬼圪针有些艺术性。

我曾凑近了去看一棵鬼圪针，它的每一根刺都是规则的，带着棱角的，几近显微镜下雪花的棱角。这样的棱角与长相，如果设计一家民宿，或者给某艺术书吧做一个 logo，定然也不错。

如果有可能，我会在故乡的花海中开一间书吧，名字就叫“鬼圪针书屋”。

野枸杞：经霜的美丽都甜蜜

野枸杞，在皖北，多生长在坟头或土坡处，因此，被很多人称为“死老嬷子的耳坠子”。

皖北方言很有趣，称老太婆为“老嬷子”，耳坠被称为“耳坠子”，一些物和人后面总要加个“子”字。

不过，仔细想想，野枸杞的样子，暗红，妖冶，还真像耳坠。并且长的地方不一样，的确有一些神秘感和诡异色彩。

很弄不明白，有些地方把野枸杞称为“狗奶子”，没错，这个世间的许多东西，有些定位或定名是很准确，但不美观，不神秘，也没有想象力。

我还是觉得“死老嬷子的耳坠子”好，至少其中有故事，即便是死去，也是个有故事、有传奇的老嬷嬷。

枸杞可以吃，也可以泡茶、煲汤，但野枸杞我却很长时间都不敢吃。唯恐阴气太重，吃了被鬼魂附体。当然，这只是我年少时的愚昧和胆怯，长大后，方知我太过多虑。

故乡有家药膳馆子，有一道名菜是蒸枸杞苗，多在夏天来食，枸杞苗最鲜嫩多汁，吃起来，甜丝丝的，犹如夏风掠过舌尖。

我还是始终觉得，野枸杞最好的时光在它的暮年。

立冬以后的皖北原野，万木凋敝，野枸杞的叶子也逐渐落尽，北风中的野枸杞，越发娇艳欲滴，在柔弱的藤条上，似一串串小灯笼，在给这个季节打一串明媚的亮光。

再后来，做中医的父亲告诉我，野枸杞可是好东西，它的营养功效要比普通的枸杞好得多，加之这种东西生长周期长，最能吸纳天地灵气，是滋补的好东西。

一次机缘，我去本地一个收藏大家中做客，看到满院子的野枸杞，被做成盆景，在院子里仪态万千，真是惊呆了，第一次见到有人把野枸杞挖出来，做成盆景。最重要的是，野枸杞的根茎长得很具沧桑感，枝干的皱褶看起来很有岁月风霜在里面，加之野枸杞娇艳的红装，似乎是一种活生生的励志教材：不经历风雨，怎么见彩虹？

我也效法这位收藏家，去田野里挖了一株野枸杞，养在盆子里，寒霜来的时候，放在室内，奇怪的是，野枸杞竟然长出了新的枝叶，焕发了第二个春天。

不知怎的，野枸杞的美，曾一度让我想起莫妮卡·贝鲁奇，总觉得她们之间有某种天然的神似。有一种经霜的妖艳，也有一种历过岁月的“耀眼”。

前不久，去皖南，在山坳处见到一丛丛“野枸杞”，惊呼这里也有它们的影子。皖南的文友赶忙纠正，这可不是野枸杞，而是茱萸，“遍插茱萸少一人”的“茱萸”，瞬间觉得自己孤陋寡闻，原来我们只是觉得唐诗宋词的词句优美，从未想到个中草木竟然这么美丽。

我明白，这种和野枸杞几乎双胞胎一样的茱萸，给我如此错觉，实因我对野枸杞爱得如此深沉。

《诗经》中有这样的句子：“陟彼北山，言采其杞。偕偕士子，朝夕从事。”那些玛瑙一样的野枸杞，穿越先民的歌谣，一路，五线谱一样地荡漾而来，越发明丽，越发诱人，我始终觉得，古人在唱着“言采其杞”这句唱词的时候，嘴角一定是含着蜜意的。

龙葵：乡愁最后的守望者

堂弟从老家打来电话说，我家老宅子常年不建房子，也不住人，野草都长满了。

在我看来，这不是一件丢人的事情，我决定回家看看，究竟这块闲置的宅基地长了哪些野草。

路都是水泥路，铺得很宽，驱车半小时即可到达老家，下了车，首先映入我眼帘的是满目鼓胀生长的“小黑豆”。我欣喜若狂，揪下来一把放在嘴里便吃，一股别样的甜蜜把我拉回到少年时代。

那时候，乡间还没有什么零食可吃，长在地上的植物就成了我们的零食，比如，鬼灯球、苎花蜜、蒲公英等，被我们奉若珍宝，每每遇到，必争前恐后抢食。

“小黑豆”就是我们宠爱的零食之一。小黑豆的味道甜中带点酸，味道和蓝莓有些相似。记得有一次去乌镇，吃过所谓的“乌梅”，味道也差不多，只不过这种小黑豆的味道更纯粹些，是纯正的黑加仑饮料的味道。

小黑豆，也有人称其为“黑幽幽”，这名称有些怪异，我总想起黑幽幽的小巷子，或者是山洞，甚至让我想起农村的红薯窖。

其实，小黑豆的学名叫“龙葵”，名字很霸气，个头却不大，似仙丹，内容在里面，一颗下去，足以让你的心情“还魂”。

记得小时候顽皮，和邻居小伙伴玩耍，绊倒后，膝盖磕得瘀青，做中医的父亲就摘来许多龙葵让我吃，瘀青不几日便散去了。还记得患了病毒性感冒，若是当季恰好有龙葵，父亲也会摘一些给我，吃后，感冒竟也比一同患病的孩子好得快。

因此，在我少年的小小印象里，便瞬间更笃定，龙葵就是仙丹，甚至认为它是龙的眼泪，滴在民间，是为了给那些善良的孩子提供福利。当然，我自认为是个善良的孩子，不然，怎会吃得上这么多龙葵？

龙葵也开花，花开白色，花蕊黄色，是我见过最好看的黄。龙葵的花朵清爽，果实则黝黑发亮，这种黑即黑得彻底，白也白得敞亮的植物，不做“两面派”，也不选择所谓的中庸，这就是龙葵的个性，也正是很多人喜欢它的缘故。

我一直觉得，龙葵的甜是一种神秘的甜，它曾一度让我想起“乡愁”。如今，城市大面积地吃掉农村，农村也变得越来越不像农村。老实说，我真不太喜欢新农村，千户一面，长得都是一个样子，我很难想象小学老师布置作文《我的家》，孩子们会怎样写。恐怕除了家庭成员，所写的房屋都是一样的吧。这种事先铺垫好的“抄袭”，是该怪孩子呢，还是怪房子？

宅基地被统一“规划”之后，可供支配的野地不多，像龙葵这种植物，多喜欢生长在野境之中，比如，我家经年无人居住的老宅子。

老宅野草葳蕤，成疯长之势，人迹罕至，草就开始放肆了。然而，我却一直没有觉得寥落，那一片龙葵黑幽幽地站在故乡的老宅上，似好莱坞大片中的黑衣人，守望着这片土地，也守望着乡愁。

燕子不来香

在《农政全书》中读到一种草的名字，很特别——扫帚荠。

这种植物，嫩的时候，和荠菜一样香甜可口，清爽怡人。可以清炒，也可以拌面蒸食。鲜嫩多汁，美味异常。但扫帚荠的可食用周期仅仅十余天，过了这几天，草本瞬间“硬化”成了木本，就只能做扫帚了。

还看到另一种草木，曰：燕子不来香。

> 燕子不来香。早春采，可熟食，燕来时，则腥臭不堪食，故名。燕子不来香，燕子来时便不香。我愿今年燕不来，常与吾民充糇粮（注：即干粮）。

这段话，在舒飞廉的《芳菲已满襟》里，也有引用。文字言简意赅，读来趣味盎然。

这种草，或者说是菜，堪采直须采，燕子来后，大地回暖，它不仅失去了原有的香味，相反，还腥臭不堪。

真是奇怪。见过急性子的人，却没有见过如此急性子的草。凡事等不得，好比古时戍边的丈夫刚出门，这边妻子就改嫁了；此番刚刚入将相，那边他就把妻儿扔到了南墙上。

草也如人：年少时，眼神澄澈，心地纯良；长大了，受到名利、欲望、贪痴嗔等熏染，变了质，走了味，失了魂。

看麦娘：草木中的阿庆嫂

我一直觉得，看麦娘就是草木中的阿庆嫂。

在麦子们还低矮的时候，看麦娘已经提前占据春天的高处，似乎是一位娘亲，在瞩目自己的孩子，不受外物欺负。

当然，有人说，“看麦娘”是南方人取的名字，至少是稍稍靠南的区域农人取的，比如淮南与合肥一带，他们把嫂子称为“嫂娘”。

是的，在南方，兄弟年龄差距大，嫂子自然也就大很多，长嫂如母，是要和哥哥一起承担起照顾兄弟重任的。母亲年龄大了，兄弟的一些事务就需要嫂子来打理、张罗。若是遇见像包拯这样的情况，自幼丧母，嫂子可不就承担了母亲所应有的全部角色了嘛。

绿油油的麦田，看麦娘峭拔地站在麦田深处，峭且俏，它的圆锥形花序上面开满了黄灿灿的花朵，好似女子的发髻，美得很，在万千麦田之中，犹如鹤立鸡群，显眼着呢。

但是，农人不喜欢。认为看麦娘毕竟是杂草。看麦娘再好看，生错了地方，就不美了。所以，农人在田间劳作的时候，遇见看麦娘多半是连根拔起。

从观赏者的角度来说，看麦娘带着浓重的新鲜感，在一望无际的麦田里，它们脱颖而出；而对于农人来说，麦田就是他们的爱情，容不得“看麦娘”这样的第三者插足。生错了地方的看麦娘，一般很惨。这常常让我想起嫁错了郎的少妇，不受待见，饱受虐待，甚至可能带来灭顶之灾。

看麦娘也不是全无功用。一般情况下，若是看麦娘生在我家麦田里，父亲是舍不得拔去的。每年春天，村子里的孩子们多有出水痘的现象，做中医的父亲知道，看麦娘熬水，可以治疗水痘。中医是父亲继农活之外的第二份事业，所以，看麦娘多能在父亲的麦田里从容度日，这让隔壁麦田里的看麦娘羡煞了眼球。

在王磐的《野菜谱》中这样描写看麦娘：“随麦生陇上，因名。春采熟食。看麦娘来何早！麦未登人未饱。何尝与尔还厥家，共咽糟糠暂相保。”在饥荒的年月，看麦娘是可以蒸熟来吃的，而且可以见证爱情，有情人若是在麦田里相遇了，男的问女的：“我一无所有，只有看麦娘，你愿意和我一起厮守吗？哪怕我吃了上顿没下顿，可否与我共咽糟糠？”

看麦娘，成了有情人搭讪的由头，甚至是成了定情信物。执此物，定终生，看麦娘的功德可不小。

看麦娘的光景也很短，到了麦子蹿出来老高，空气干燥，看麦娘也就老了，枯了。也有一比，女人的好光景，总是很短。

看麦娘喜欢湿寒气候，这点，就更像阿庆嫂了，她在阳澄湖边，开了家茶馆，专门看护那些为光明事业奔波的弟兄们。

牛筋草与烈豆

在皖北地区，若说什么草最难对付，我觉得应该是牛筋草了。

今天，我直呼这家伙的大名，其实，它还有个小名，被称为“老牛拽”，意思是健硕的老牛都拽它不动，足见其顽固到不行。

山东地区竟然称之为“钝刀驴”，真搞笑，山东人骂人才称之为“驴脾气”，意思是骂牛筋草是个顽固不化的驴脾气，刀都砍钝了，还是砍不掉。

这种草是得有多坚强！

称其为牛筋草，是因为牛最爱吃此物。我在少年时家里养过牛，去割草的时候，我通常会拿两件工具，一件是镰刀，专门对付高棵脆弱的草，另一件是铲子，专门对付牛筋草。牛筋草即便再难缠，面对铲子，它也得乖乖缴械投降，直接被送到牛槽，看牛如获至宝，用舌头挑到嘴里，一脸满足地吃个半天。

顽固的牛筋草，让我想起一种煮不烂敲不碎的豆子。

我们在吃绿豆、豌豆、蚕豆的时候，总有几个愣头青，任凭你煮上三四个小时，别的豆子早已经烂成泥，唯独它们，宛如铁蛋子，让人奈何它们不得。

明代郑二阳写有《烈豆》一篇，文中云：

> 煮绿豆中往往有煮之不烂者，人皆名为烈豆，亦曰铁豆，其名甚佳。夫以猛火沸汤之中，诸豆尽皆糜烂，而此豆独能坚挺如铁，完好自若，毫不为损。真可谓入水不濡，入火不焚者矣，称之曰烈，宜哉！

入火不焚？我没试过，若真如此，那真是顽劣到家了。

不过转念一想，我们生活中也有许多这样的“牛筋草”和“烈豆”。

他们坚持原则，初心不改，一旦认定目标，就一条路走到黑，义无反顾，永远不回头。换句俗语来说，就是“认死理”，他们坚持的东西“八头牛也拉不动”。

牛筋草不宜割，还容易伤到手；烈豆不讨喜，食之有风险，容易硌牙！但我觉得像“牛筋草”和“烈豆”一般的人却很可爱，他们从腥风血雨里杀伐过来，不改其色，快刀利剑丝毫伤不到他们，正因为这个世界上多了这些人，我们才知道什么是“风清气正”，什么是“刚正不阿”！

商陆：中国女孩最早的指甲油

我还没有见过真正的指甲油之前，最先见到商陆。

"商陆"这个名字，听起来，有古意，似乎是从商代而来，陆地上能量巨大的植物。当然，这只是我最初的望文生义。

早些年的乡间，常常能在屋后、沟边见到商陆的影子，它绿油油的叶子，青中带紫的叶梗，白色的小花，花落后，结出扁球形的果实，果实呈绛紫色，用手指一掐，汁水乱溅，这些果实的汁液被乡间的女孩子用来染指甲。

谁说乡间的女孩不爱美？恐怕城市的女孩还不知道染指甲为何物的时候，乡间的女孩已用商陆把指甲涂得娇艳可人。或者说，城市女孩还在用油漆来涂抹指甲的时候，乡间女子已经使用纯天然无污染的商陆来美甲了。

我一直觉得，在遥远的古代，女子出嫁的时候，化妆盒边摆放的除了胭脂水粉，一定还有一枝商陆，用它来把指甲涂得通红，为悦己的情郎而容。

有人称“红颜祸水”，商陆被作为一种药材来用，可以祛水消肿，作为指甲油，可以装扮美貌，但它是一种略含毒性的植物，尤其是它的根部，分两种，一种像人参，呈黄白色，一种呈红色，有剧毒。这让我瞬间觉得，商陆好像是一把双刃剑，它可以是美貌与德行并重的王昭君，也可以是一笑倾国的褒姒。

翻阅资料发现，我国在唐代才开始有染指甲的风尚，杨贵妃染指甲一般用的是凤仙花，把凤仙花的花朵和叶子捣碎，加入适量的明矾，用以涂抹指甲。谁都知道，凤仙花尽管有香味，但它的腐蚀性是很强的。用久了，手指上会有疾患出现，比如脱皮，长此以往，常在君王之侧伴驾侍寝，触碰之间，甚为磨手，何谈“肤若凝脂”？

我还是觉得商陆好，尽管没有凤仙花娇艳，但也没有凤仙花毒性大。这样一种低温的美好，岂不更长久？

在我的故乡亳州，多有商陆生长，这和两段历史典故有关系。

一是“天命玄鸟，降而生商”，说的是太阳女神羲和救了一只受伤的玄鸟，玄鸟为了报恩，不久后衔来一颗胭脂草的种子，还有一只鸟蛋，羲和把这颗种子种植下来，后来，就有了“商陆”，把鸟蛋吃了，就生了契。自此开始，商陆被女人用来装扮自己。只是，没有成为风尚。

另一是曹操格外喜欢商陆，房前屋后种的除了芍药，全是商陆。当年，他邀华佗来为自己治疗头风病，为了检验华佗的医术，专门用一个中草药谜语来考他，曰：“三十除五分。”华佗指着庭院里种植的商陆脱口而出答：“正是此物。”曹操爽朗而笑，曰：“神医果然知我。”

《诗经》有云：“我行其野，言采其蓫。婚姻之故，言就尔宿。尔不我畜，言归斯复。”这个“蓫”，其实就是商陆，有人说，蓫即“逐”，与商陆的“逐荡水湿”关联很大，的确很有道理。

一次去老子的出生地道观天静宫，看到在院墙角落也种植有商陆，问道长，道长说，道家称之为“神草”或“天草”……

葎草：怨气最重的一种草

“葎草”这个名字听起来很雅，但我若告诉你它的绰号，你就一定和它亲昵不起来。它青面獠牙，曰“五爪草”，藤蔓所到之处，张牙舞爪，其他草木退避三舍，它似乎是在进行着最野蛮霸道的“圈地运动”。

葎草可不是“省油的灯”，它又名“割人藤”。这种草为攀缘型草本植物，多喜欢生长在偏僻的树林边、沟渠边、废墟旁。你若是从旁边经过，冷不丁蹚到它，裸露的脚踝上会留下清晰的一道疤痕，冒血丝，且奇痒难耐。即便是禽畜被它划到，也会叫唤半天。

葎草这样毒，实因它的藤蔓和叶片上都长有细小的倒钩刺，只要碰到它，它就会钓鱼钩一样钩住你的衣服和皮肤，直到你猛地一疼，才想起脚下有它在作祟。

我的皖北故乡有好多葎草，在乡间，小时候我们都是绕着它走，对它敬而远之。若是葎草长到了田里，也会小心翼翼地用镰刀把它的根部割掉，拖着，拉到路边，让人、车辆碾碎方才作罢。

众人对葎草是带着恨意的，因为，对于农人来说，葎草简直是暗器，稍有疏忽，就要被它伤到，好多天都要被它带来的痒痛折磨。

我觉得，葎草是普天下怨气最大的草。它总让我想起生活中的一种人，这种人因受到某种打击，或者与生俱来的怨气很重。也可能是因为受到冷落、不受待见、“打入冷宫”而怨气冲天，这不得不让我联想到葎草的生长环境，树林边、沟渠边、废墟旁……总之是被边缘化。而相对于庄稼，葎草可不就是边缘化的野草吗？

草木有灵，太容易受环境影响，草与人在不同的遭遇下，势必呈现出不同的状态。

葎草的倒钩刺好似人的怨气，如同霾，笼罩在前行的路上，遮蔽视线，呼吸到别人的身体里，会造成尘肺病等疾患。

由一株葎草我们想到：一要少一些怨气，多一些喜气；二要与人为善，于己为善，别让你的情绪化成匕首伤害到周遭的人。

忘了，葎草还有另一个别名——拉拉秧。拉拉秧，别拉着别人遭殃。

猫儿眼：叶上栖五凤

小时候见着它，总喜欢绕着走。因为一句儿歌："摸了猫儿眼，不肿鼻子就肿眼。"

估计是这种草带有毒性，听大人们常常这样说，我们是不敢碰的。然而，也一直没有见过哪个孩子因为摸了猫儿眼而肿眼睛肿鼻子的，可世间的事，有些事情，试不得，你们懂得。

"猫儿眼"这个名字，是因为它的花朵长得像猫咪的眼睛吗？我仔细端详了许久，倒是有些像，但也有把其称为"五凤草"的，因为，这种草开出的花朵，均是分为五瓣，每一瓣都像是一只中国画中飞翔的凤凰图腾。

凤栖梧桐，没想到也栖在草上。

五凤草其实有个传说故事——

从前，有一位老汉，家中养了五个女儿，女儿出落得美丽大方。后来，老汉突然得了一场重病，全身水肿，像个大气球，无法治愈。一日，五个女儿同时做了一个怪梦，梦见一位神仙同时告诉五人，你们屋后长有一种草，看起来像猫的眼睛，只需吃下此草，你们父亲的病便可痊愈，但是，你们五人的灵魂将永远附着在草上。

翌日，五个女儿同时出现在屋后，把屋后那株草分而食之，食后化成了一溜烟儿，飞在了屋后的草棵上，她们事先给父亲留了遗书，让他拔掉屋后的草，煮水喝，便可痊愈。

老汉试了，果真痊愈。后来，知道五个女儿无影无踪，郁郁不可终日。夜里，老汉做了一梦，梦见五女因牺牲自己救父亲，化成了仙女，飞升仙界。老汉方才释然。后来，老汉把房前屋后都种满了这种草，花开的时候，呈五瓣，上面如五只展翅的凤凰，老人每每思念女儿，就去看一眼这种草。后人称之为“五凤草”，也就是我们所知道的“猫儿眼”。

《药性论》认为：“（猫儿眼）能泻十二种水疾，治心腹坚满，下水，去痰水，主皮肤浮肿。”如此，老汉之病痊愈之谜，不用解释大家就明白了。

猫儿眼，青枝绿叶，或者说是金枝玉叶，目睹着这个世界的时光变迁，也见证着光阴流转中的人情冷暖。这样一株草，时刻像猫一样圆睁着眼睛，估计只有遇见不孝的子女，它才会释放毒素，让那些人“不肿鼻子就肿眼”吧。

草木恩典

草的香，似乎只有在两个时间可以闻出来。

一个是在被碾轧或拦腰斩断的时候，这时候的草，像是慷慨就义，被镰刀，被车轮，割断，碾轧，散发出奇特的生命的香，这香味，让人觉得有一种拿生命才换得来的美。我小时候喂过牛，给牛铡过草，当祖母把成捆的青草放到铡刀下，我奋力挥动胳膊，向下一压，“咔嚓”一声，草被斩首，成了两段，旋即散发出一股诱人的香。我追求这种香，似乎也在一定程度上验证了，人是具有动物性的，格外爱这些草木滋味。

另一个是在草被熬煮的时候。小时候，常常爱在父亲的中药橱边转悠，可以闻到与众不同的草木香氛，就好像这些香味纠缠在一起，我置身其中，可以免除疾病的侵扰一样。遇到病人前来抓药，父亲把那些或叶，或花，或根，或果的中药材用纱布包起来，放到砂锅内熬煮，满屋子的中药香。在100摄氏度以上的高温作用下，我觉得这才能彻彻底底地闻到草木的香味。

秋天到了，草木走向成熟，似一个男人走向青年，一个女人发育完善。旧时在乡间，我喜欢睡在小溪边的草甸子上，一边看蓝天白云，一边嚼草根，我觉得，这简直是神仙般的日子。小时候，身小力薄的我干不了农活，放羊是我唯一的活。把羊拴在溪边的小树上，确保它们只吃草，不会啃食庄稼，我就往地上一躺，看着羊羔吃奶，母羊反刍，我呢，则效仿羊的样子，去尝一尝草根。

羊吃草，在我看来，简直是一种艺术。用舌头把草揽到嘴里，嚓嚓而食，羊毛洁白似雪，羊的嘴唇粉红似桃，青草如翡翠一样耐看，整幅画面简直太有感觉了。

草木的根深深扎进土地，通过叶面来进行光合作用，它是最能吸纳天地灵气的。所以，维生素多蕴含在很多青草当中，牛羊通过青草来摄取营养，我们再通过牛羊的肉来摄取营养，然后，牛羊和人的粪便又可作为肥料来给青草带去营养。这个循环看起来有些吊诡，实际上，又是多么巧妙的一个轮回。

青草，在这样的一个轮回中，无疑扮演了“双面人生”。成全人畜，又替人畜打扫垃圾，还这个世界天蓝水碧，它们的一生近乎伟大。

我有一位诗人朋友，他有种奇怪的感觉，每次在城市居住久了，吃着大鱼大肉，诗性会逐渐泯灭，会写不出东西。这个时候，他都会到山里的寺院里，找一处周遭长满茂密树木的禅房来住，日日食蔬，这样，就能诗性重返。他说，他获奖最多的诗作，一般都是寺院里的那些草木和蔬菜给予的。

——这是何其美妙的草木恩典！

有时候，我实在羡慕那些古人，居住的全部是木材架构的房子，戴的是斗笠，披的是蓑衣，穿的是木屐或草鞋，这样，才有“一蓑烟雨任平生”的潇洒。现如今，你披着满是塑料味道的雨衣，穿着不透气的胶鞋，能“任平生”吗？任脚气滋生倒还有些可能。

我不是过激。只是想表达，人一亲近草木，就滋生了健康，就培育了高雅，就构建了和谐。草木的恩典，也许是它们自己都不知晓的义举，但“一岁一枯荣”，它们一直在照做。也多亏了草木的这份坚守，这种任性，才让我们有机会——食草，刷新自己；闻香，愉悦心智；观色，养眼醒神。

金铃子：它很丑可是很温柔

朋友约我喝茶，已经提前几天告诉我了，再三强调，她会带金铃子给我吃。

金铃子？老实说，作为一名资深吃货的我，还真没有品尝过是何种滋味，甚至是闻所未闻。

大雾霾连日不开，穿越浓重的迷雾，我和朋友终于坐在茶馆里了。朋友神秘地从包里掏出来一个塑料袋子，袋子里装着一个牛皮纸信封，信封里裹着两个纺锤状的东西，拿出来一团金黄，我瞬间眼前一亮，这不就是小时候吃过的癞葡萄吗？

朋友笑了，骂我没情趣，在南方，称此物为“金铃子”。

我瞬间哑然，想起鲁迅所说：“北京的白菜运往浙江，便用红头绳系住菜根，倒挂在水果店头，尊为‘胶菜’。”

癞葡萄，确实是我们小时候常吃的“零食”之一。

初见癞葡萄，我总以为是植物界的“癞蛤蟆”，甚至会想到，被人毒害过的癞蛤蟆，此生化作植物来寻仇，我不得不说，我自小便是个想象力极其丰富的人。

癞葡萄墨绿的叶子，生命力旺盛的藤蔓，爬到树上、墙头上，不多时，结了好几个纺锤一样大小的果子，先开始，长相真像苦瓜，成熟以后，通体金黄，掰开来，露出通红的果瓤，那是癞葡萄的籽，包裹在外面的果肉吃起来十分美味，香甜可口，味道的特别是属于独一份的。

癞葡萄之“癞”，癞在它的长相不讨人喜欢，通体长出来的凸起，像是毒瘤，更像是一只只倒挂在藤蔓上的金蟾，难怪农家栽种这种东西，主要为满足口腹之欲，另外，据说也能招财。

我把这理解为，吃下癞葡萄，心情愉悦，干什么事情都能尽全力，勤劳能干，自然也就相当于“招财”了。万事万物都有其客观规律存在，植物与人的关系也概莫能外。

老辈人都说，癞葡萄可以清热解烦，难怪吃下去，心情如此爽朗，吃下去，窗外的霾被愉悦的心情扫之一空。

朋友神秘地告诉我，她准备大面积种植癞葡萄，她还拿出自己查阅的相关资料给我看——

清代王孟英《随息居饮食谱》中有云：“苦瓜清则苦寒；涤热，明目，清心。可酱可腌——中寒者（寒底）勿食。熟则色赤，味甘性平，养血滋肝，润脾补肾。”

老实说，这正是当代许多人所急需的一种水果。在忙而盲的快节奏都市生活里，太需要一种类似于癞葡萄一样的水果来帮我们减压败火，带给我们一杯下午茶的好时光，或者是带给我们一种别样的神秘感受，类似于榴梿。

秋海棠的娇媚

在我见过的诸多花中，秋海棠是最妩媚的。

秋海棠的媚，在神态，在姿色，为其他花色所未有，甚至是不沾丝毫，不可比拟。

我向来对唐明皇没有太多好感，但独对他的一句话竖起大拇指，觉得甚为精妙。

《冷斋夜话》记载："唐明皇登香亭，召太真妃（杨贵妃），于时卯醉未醒，命高力士使侍儿扶掖而至。妃子醉颜残妆，鬓乱钗横，不能再拜。明皇笑曰：'岂妃子醉，直海棠睡未足耳！'"

说是比喻杨贵妃的美，实则也映衬了海棠的娇艳和楚楚动人。

我曾在北关区的南京巷钱庄见过秋海棠，雨后的秋海棠，似宿醉了一宿，误入花丛的美人，露珠打湿了刘海，水雾湿润了衣衫，有一种别样的性感之美。

秋海棠的粉，是美人脸上的飞霞；秋海棠的黄，是没有休息好的醉态。这样的美，裹挟着一种恰到好处的"病态美学"在里面，惹人垂怜。

同样的秋海棠，我还在老街深处的一户人家里见过，满院子都是，主人是一位仪态端庄的妇人，年逾古稀，满头银丝，却掩饰不住她年轻时候的美丽。她早年丧夫，才28岁，却一直没有再嫁，尽管摆在她面前的有许多机会，她却置若罔闻，她说："养一树花，要对它的花容负责；爱一个人，要对和他在一起的那段时光负责。"白发苍苍的她，精神矍铄，唇红齿白，说这话的时候，总让人感觉她犹如少女。

难怪明人李渔在《闲情偶记》这样妙喻"春海棠"和"秋海棠"：

> 秋海棠一种，较春花更媚。春花肖美人，秋花更肖美人。春花肖美人之已嫁者，秋花肖美人之待年者。春花肖美人之绰约可爱者，秋花肖美人之纤弱可怜者。

秋花的样貌结合无边的秋景来看，更能体味到个中的滋味，也更能领略这个季节带给人的无限深情。

我拿起相机，对着一株秋海棠聚焦，全景、中景、近景、微焦，都有一种掩饰不住的美，这种美是可以让人放弃江山的美，甚至成了一种"祸害"。

我有时候想，形容一位女子，说她是"祸害"，应该是间接对其容貌的一种夸奖吧，其实，秋海棠也是。

秋海棠的娇媚，连时光都想"犯罪"，迟迟不愿让冷风带给它倾颓。

第三辑

岁时记

安静的时候，听听灵魂生长

普利兹克建筑奖首位中国获奖者王澍先生，有一则耐人玩味的趣事——每到春天，总会带着学生到苏州看各种园林，有朋友问他："那些园子你不都去过一百遍了吗，不腻吗?"他这么回答："我愚钝，所以常去。在这个浮躁喧嚣的年代，有些安静的事得有人去做，何况园林这种东西。"王澍的这些话，总让我想起另一句话：生活中的诸多发现，都属于安静思考的人。

牛顿被苹果砸疼了脑袋的那一刻，他想到的一定不是头疼，头疼被屏蔽了，所以，他发现了万有引力；贾岛骑驴去赶考的时候，在驴背上反复斟酌"鸟宿池边树，僧敲月下门"中，应该是"推"还是"敲"的时候，路旁虫鸟静默、山泉稀声，最终他定下了"敲"字；徐志摩在剑桥大学里散步的时候，面对将要有的离别，内心静寂得像水中的柔波，于是，就有了《再别康桥》。

我认识许多搞创意策划的人，他们都不喜欢太嘈杂的环境，没事的时候，他们喜欢托腮发呆。其实，人在发呆的时候，往往最具创造力。哪怕是发呆的时候，什么也不想，放空自己几分钟，把繁芜的心事清理干净，把发散的思维迎接进来，这样，智慧的种子就能生根发芽了。

我认识一位艺术家，闲下来的时光，他喜欢到老街深处去逛荡，钻一条幽深的胡同，拍两三张爬出墙的蔷薇，站在某个巷口望着假寐的猫咪微笑，于街角在对弈的老者身后观棋不语，在紧闭的门扉前，对清代的石鼓发呆……他说，他一去就是一整天，回来的时候，往往一挥而就，下笔如有神助，他说，这就是老街安静的磁场带给他对艺术的磁感力。

安静，是一场关乎灵魂的私人专列，我们往往会在这趟列车上，与高贵的灵魂相遇，并碰撞出璀璨的火花。关于安静，我曾见过外甥女写过这样的小诗，现在，我把它全文录下来，供您琢磨——

安静
就是功利放下了刀戈
花朵放弃了斑斓
猫咪放弃了鱼腥味
我们放弃了全世界
然后
全世界的清新
扑面而来

外甥女只有九岁。生活中的许多逻辑就是这样，有时候，大人看不明白的事情，孩子反倒看得透彻。安静的时候，让我们来听一听灵魂拔节的声响。

毕业留言

时间是2017年，我真不知道这个年代的毕业留言，孩子们通常会写些什么。

我只知道20世纪80年代以后，我所亲历的毕业留言，都是纸质的，精致的，带着纸浆芬芳和颜色装扮的留言簿。大多数是硬皮，出厂之前，就被设计出了“姓名、生日、星座、座右铭等”，这是那个时期的留言簿的标准模本，当然，还会设计一些图形框和斜线，供有美术天赋的同学们展开想象。

那个时候，蝉声一开始聒噪，留言簿上就开始密密麻麻地爬满了同学们的祝福。大都是友谊的倾诉，比如“莫愁前路无知己，天下谁人不识君”“海内存知己，天涯若比邻”之类，当然，也不乏一些异性之间的懵懂情愫，写得引而不发，多少有些暗度陈仓的意思。这些留言的可贵之处在于，留在纸上，经年飘香。

纸张的留存也许是除了石头刻字以外，最久的了。中国的墨与纸，极具稳定性，比如书法家的许多珍贵墨宝，数百年还能睹其真容，供人收藏、拍卖、展览、临摹，全是托了纸的功劳。现在回想一下，除了报账、合同签字、上班签到，你有多久没有真正动过笔了？最高级的是，现在上班签到也不用动笔了，全部是指纹、面部识别。我在想，我们和汉字会不会越来越陌生？就更别提书法艺术这个高度了。

我曾私下打听过现如今的中学生，他们毕业还写不写留言簿。殊不知，被嗤之以鼻，答复是：写那玩意儿作甚？现在都有手机、网络、微信……找一个同学何其容易，朋友圈留个言多方便，即便是找不到他了，找三五个同学总能联系上，实在不行，还可以“人肉”呀！

人肉？这个词太新潮，实在不敢多想，让我好半天缓不过神来，还是翻翻自己初高中时候的毕业留言簿来压压惊吧。

沉睡不知光阴之须臾

满天星光，在绿柳下一睡，月移影走，一副竹床，蒲扇半摇，就着促织声入眠，风轻云淡，星河都羡煞这柳下人。一觉醒来，天光大亮，揉揉惺忪睡眼，满意起床去。

夏日里，有很多睡姿是迷人的。

公园的长椅上，见一老者，毛巾半掩额头，脚边躺着一只猫。午后的公园，少有人来，大大的玻璃杯，泡的是茉莉花茶，吃上半杯，索性睡去，人与猫的鼾声，是这个午后最动听的交响乐。

也曾在街角的榆荫里看到板车上睡觉的男子，枕在一本武侠小说上，草帽遮住强光，赤着脚，睡得很甜美。睡得香的人，心里是虚着的。没有心事，吃饱一觉睡，醒来重新投入新的生活中去，有一个好睡眠的人是令很多人羡慕的。

睡得好的，多半长寿。那些老街里居住的老人，在躺椅上，说着说着话就睡着了，老房子的梁柱发出隐隐的木香，厚厚的青砖瓦让这种房屋异常阴凉，睡着了，做的梦兴许也是古典的。

看《浮生六记》，沈复所写的睡风是潇洒："泛舟，以荷叶为伞，沉睡不知光阴之须臾。”荷香扑鼻，莲蓬像举起一枚枚小拳头，在风里点头颔首，荷叶打伞，风也是甜的，水波潋滟，这样睡去，哪管他时光匆匆？

宋朝的时候，我有一位老乡，道教至尊陈抟更是高级，他练就了一种名叫“胎息术”的功法，睡起来，如婴儿。据说，这种功力，可以一睡三百年不醒，真是仙人！联系我所从事的文化旅游行业，希冀在开发陈抟文化景区的同时，建一座睡眠体验中心，相信在陈抟老祖的庇护下，每位来客都可以睡得很香甜。

初冬的味道

立冬以后，空气里的味道立时就不同了。

只身走在乡野，土腥味不见了，落叶的清香，草籽的熟香，以及村口烟囱里冒出来的草木灰的香，夹杂着些许锅灶里饭菜的香，是乡郊独特的味道。这味道，远胜过繁花似锦的春日，太腻；也赛过浓荫满树的夏日，植物们的荷尔蒙太膨胀，太纵欲；秋日稍稍好一些，但又落木萧萧，多少有些伤感。还是初冬好，落叶进行到中场，草木在走向它们的颓废，空气也在慢慢消遁自己的火气，深深呼吸，满鼻腔都是清爽的味道。

在太阳升起的时候，踱步到小河边，河水也不像春日那样哗哗地宣泄自己的心事，放缓了许多，清澈了许多，像一个人走到了暮年，目光愈加清澈，欲念已然淡泊，河床的温度是他的智慧，在晨光熹微的时辰，微微地散发着热气。一个人，与一条河，在初冬实现了神交。伸手去摸初冬的河水，初感是冷的，再摩挲，已然有了温温的感觉。这样的慢热，不那么容易接近，却又是那样地耐处。

想起早年的乡间，我还是个毛头小子，在初冬，一般是要去田里割红薯秧。初冬的红薯叶从青碧转向淡紫，藤蔓长得也粗壮了许多。这时候，把红薯秧割下来，就准备用牛犁把这些“潜伏分子”翻出来了，这些肥硕的家伙，在土层里暗暗积蓄力量，此刻终于“翻身农奴把歌唱”，新翻的红薯带着根茎的香，与泥土的浑然之气融合在一起，是温暖的，是沙棱棱的，也是厚朴的。洗净了红薯，加水，放在锅内煮，食物的甜香至今还能让敲键盘的我垂涎。

煮红薯一般要烧豆秸，或者是玉米秸，用这些秸秆煮饭，烧地锅的人是幸福的。秸秆在用火舌舔着灶釜，散发出甜丝丝的香气，有时候，玉米秸稍稍潮一些，前端燃烧，后端会汩汩涌出一些汁液，滚烫滚烫，有一些甘蔗汁一样的气息。用秸秆做饭，是乡间人对待庄稼的独特祭奠方式。这样的方式，有很浓的仪式感在里面，最关键的，草木灰还是最好的肥料，取之于田，用之于田，“道法自然”。

草木灰还有另一种妙用，那就是用来做南瓜笋。南瓜笋其实和“笋”没有半点关系，是皖北地区的一种独特的美食。嫩南瓜切成弯月状的薄片，用冷却的草木灰包裹一下，直接放在院子里的簸箕里来晒，草木灰吸纳了嫩南瓜的水汽，又让它不易变质，这样随着日照和风的蒸发，逐渐干燥卷曲，就做成了南瓜笋。南瓜笋易于保存，每次需要做菜，用清水洗净，配以五花肉来烧，有淡淡的笋香。我想，这也就是南瓜笋名字的由来吧。北风愈加紧起来的时候，煨上一锅南瓜笋，五花肉与南瓜笋互为“辅佐”，嫩南瓜在锅灶之中有了第二次青春。

暮色四合，村口的树梢上会挂上一层轻纱状的云雾，若是在这时候从外面返家，会嗅到一股村庄的气息，清冽中透着干爽，似乎可以闻到树木枝条的味道，铅笔画一样的村庄，隐着狗吠，隐着母亲唤儿郎的亲昵，也飘逸着红薯片儿粥的香甜。

红薯片当然是去年存下来的，因为，这时候，才是打红薯片的时候。红薯被翻出来，直接用“红薯推子”（一种制作红薯片的切割工具）嚓嚓地推好，红薯被切割成片状，撒在田里晾干，用来做粥，有沙沙的果香。这些来自土地深处的味道，营养丰富，最能带给人营养，也最能带给人力量。一碗红薯片儿粥，能带给一座村庄一夜好梦，吃红薯片儿粥的人，鼾声里也是透着酣畅的。

立冬以后，天地之间尘埃落定，世界一下子静谧了许多，这时候，我们腾空口腹，开始尽享一年来的“味蕾狂欢”。

大雪与食欲

我曾在大雪后去皖北小城颍上，在一处老旧的景点门前望见一株柿子树，叶子全落光了，大雪压在枝上，很有禅意。树枝上，数十枚磨盘柿子在大雪的映衬下，显得格外耀眼，也格外地撩拨人的味蕾。这个冬季我第一次感觉到大雪和食欲相关。

我一直坚信这样一条理论：天气越寒冷，人的胃口就越好。外界的冷需要我们用体内的食物来补充能量。所以，大雪和食欲的关系，是有科学依据的。食欲来自身体，因此，和其他欲望一样，都是身体缺失，才导致格外想念。比如，卖火柴的小女孩在弥留之际，想到了火鸡和烤鹅的香气，也是饥饿与寒冷所致。

有位朋友农村出身，土里摸爬长大，后来做起了钢材生意，现在家底相当殷实。在异乡做生意，他说，自己常常在冬日下了大雪，就特别想家，每每想家的时候，鼻孔里总能嗅到一股炊烟的味道：玉米秸、麦秸、豆秸……燃烧的味道，有一股淡淡的甜。每到想家的时候，他总要煮一锅从故乡土地上收获的谷类，做八宝粥来吃。按照朋友的说法，这样做，可以消解乡愁。

大雪纷纷扬扬而下，这时候，走在皖南乡间，多能看到腊肠、咸鱼、腌肉挂在屋檐下，在冰雪天地炫耀自己的丰腴。忘了哪位老作家所说，冬日的腊味，挂在外面，或许对于富裕人家是很正常的陈列方法，对于那些食不果腹的人，却是赤裸裸的挑逗。

每到雪落时候，我总想起台湾作家简媜在《肉欲厨房》中描述炖汤的句子："成熟蹄髈的鼾声、清蒸鳕鱼白皙的胴体、油焖笋娇嫩的呻吟、干贝香菇菜心的呼唤，以及什锦豆腐羹发出孩童般的窃笑。"把食材与人的身材联系在一起，一锅子乱炖，让人眼花缭乱，也让人垂涎欲滴。

诗人大卫说，我相信有些雪总是先落到诗里，然后落向人间。这句话，换一种方式表述也照样成立——有些雪总是先落到人的味蕾上，然后落向人间。雪是最好的开胃晶体，它可以是食欲大堤临近崩溃的最后一粒泥土，它缓缓落下，人的馋虫就如决堤一样一泻千里。

有雪飘落的乡村，地窖是最热闹的场所。那些雪落之前的白菜、萝卜，都被拿出来，与粉丝和五花肉一起来煨，最能下饭。当然，红薯更需要窖藏，怕冻，冻坏了就无法食用了。从窖里提出来的红薯，用来煮粥，甘甜绵长，是雪天出行之前必吃的一种御寒利器。

有雪飘落的城市，菜市场也人头攒动。新鲜的蔬菜，水灵灵的，被人扒拉过来又扒拉过去的干货，哗哗作响，似乎在叫嚣自己的美味，各色肉食被事先切割好，"发配"到各家各户的餐桌，煎炒烹炸，变成各色美味。

雪，是这个季节的最美音符，说得狭隘一些，是用来佐餐的。写到这里，我想起《左传》，里面这样说，假设你路过一处府邸，听见里面鼓乐合奏，就可以断定，人家已经开饭了。

雪且下，杯莫停下。

冬天，读一本和植物有关的书

读书，也是有季节性的。草木凋敝的冬日，需要读一本和植物相关的书。缺什么，补什么，冬日缺少绿色，阅读可以补充我们意蕴里的深林。

作家许冬林写过一本书叫《植草香里素心人》，书中，极尽“一个人和一种花草”的万般情愫，从日常的杏花到俏皮一些的栀子花，从高雅一些的幽竹到颇具烟火气息的扁豆花，花色不随旧人同，在繁花盛放的光景里，在绿植葳蕤的心境里，植物总在左右着人的心思，它们也像调料一样，为生活增添了五味。

天气预报说，这两日又要降温，推门出去，一片萧瑟。傍晚时分，天地间淡淡地起了一层雾，在这样的天气里，推掉了一切应酬，让自己少一些酒臭，多一些书香，是对身体和心灵两相裨益的事情。

我曾有这样一位邻居阿姨，已经年逾古稀，每到冬天来的时候，都会找出一本《本草纲目》来读。她不通药理，但每次都会对植物图谱看到入迷。她有一句话让我记忆深刻，她说："眼睛也需要养，冬日绿色变得稀罕起来，室内再缺少暖气，绿植也不能养，索性看一看植物图谱，让书卷里的绿色延展到我们心头，这样，总感觉春天就要来了。"

这样一位邻居虽然年事已高，岁月似乎在她的面容上忽略了一些东西，她微微泛起细纹的额头上，时时都可看见洋溢的春色。

我还认识一位生活精致的朋友，他有这样一套奇怪的逻辑：离家两日可养鸟，离家三日可养犬，离家多日须养花。理由是：家，终归要有一件事物是用来看的，鸟可活声，犬可看家，花可养氛。试想一下，这话极有道理，若是缺少这些小东西，出差或旅游回来，家中除了蒙尘的家具，剩下的就只有寂寞；而有了这些东西，推开门的瞬间，有鸟声啁啾，有犬在摇尾，有花草在幽幽地吐着香，恣意地绿着，那样贱贱地透着亲昵，讨人欢喜。

植草香里素心人，如同我们在庸常的生活中被植物包围，也是被植物"保卫"，我们是植物清香气息里最芬芳的一朵，最恬淡的一朵，最安逸的一朵，最具禅意的一朵。红尘固然喧闹，在浓浓的植物道场里，我们安宁自守；俗世固然喧嚣，在浓浓的植物道场里衣食清欢，在庸碌的浮生里，做一个素心人。

如此，多好！

的确，一个人终日和化妆品掺搅，就变得日渐妖娆；而一个人与花草为邻，就变得不落俗套。花花草草里所藏着的人生菩提，在一瓣花、一片叶、一枚果里灵光乍现，大彻大悟。

与花草相伴，我们急不得。有句话叫作"人闲草木香"，闲下来，捉几滴露珠，侍弄几盆绿萝，养一些闲趣，生活岂不就是自己讨好自己，也花心思讨好一下别人。这样，我们就能变得像植物一样，多一些无功利性的情怀。

寒露之后，走向田野

寒露一到，泥土似乎也不那么温暖了。放在比这早的时间，村鸭早早地就出来觅食，在泥土里打嘟噜，找它们爱吃的虫子。这时候，只有太阳升得老高，鸭子才会踱步到田野里，翻找土壤里的秋虫。

露水一重深过一重，秧苗的尖尖儿处，挂着打秋千的露珠，植物在这样的季节不再水灵，好似人到中年，皮肤已经没有年轻时那般紧致。寒露一到，往田野里走走，能明白很多道理。

看颗粒归仓，这种仓廪实的状况，让人知道“礼节”的萌生。这样的收获，有一种浓重的仪式感在里面。

看收获后田野的冷清，颗粒归仓后，土地寂寥，只有孤单的被剥夺了果实的秧苗，在田野里守望空旷。其实，这也有一种退尽繁华的美感，人生换得几清明，退守另一轮荣枯，才能收获另一轮圆满。

餐桌上，秋藕亮出自己雪白的肌肤。这个时候的藕最清脆，最有岁月的质感在里面，甜中带着悠长的余味，好似经历过许多岁月风霜的人，眼睛里格外有内容。

秋深，读曹操的《让县自明本志令》。这篇带有自传性质的文章，写在他知天命之后，铺陈了自己的理想："故以四时归乡里，于谯东五十里筑精舍，欲秋夏读书，冬春射猎，求底下之地，欲以泥水自蔽，绝宾客往来之望。"秋天到了，回到故乡，在郊外的一处田舍内，关起门来，读书射猎，不问世事，不见宾客，俨然身在桃源。

我估计很多人都有这样的想法。然而，这样的想法，最好在深秋来实现。春天太繁盛，乱花渐欲迷人眼，撩得人心神不宁；盛夏蝉声聒噪，听得人烦躁不堪，没有办法落定心思；冬天又太冷清了，北风敲门，冬雪如盗，总是眉间心上地搅扰你。还是秋天好，秋水文章不染尘，尘埃落定，心思静得像一面镜子，读读书，运动运动，空气也格外清爽，养神静心，读史明智，格外能得静气，特别能接地气，尤为能通神韵。

在农舍里，炊烟袅袅，一户人家正在做饭。一位老妇在做一道菜——养生滋补鸭。我看她准备的是刚刚收下来的大枣，十几枚枸杞，还放一些参片，一小撮虫草花，两支风干的芍花，在锅内炖煮，武火炖至沸腾，文火慢煲两个小时，直到田舍四周都飘满浓浓的香味。开锅来食，真有这个季节独特的香味。

老鸭汤多滋补呀！尤其是这个季节来贴秋膘，格外地应景，格外地讨人欢喜。

《黄帝内经》载："天食人以五气，地食人以五味。凡欲诊病，必问饮食居处，药以祛之，食以随之。"食补，是中华民族永不过时的命题，在深秋的田野里，收拾妥当石桌，摆开藤条椅，黄昏来享用美食，在皖南地区称之为"吃落昏"，多有诗意，连同老鸭、夕阳一起下酒，人生快意当如此。

明媚秋分

秋分，这个节气听起来总有一种说不出的土气，像是旧时村姑的名字，是的，那个时候大多数这样取名。这也没有什么不好，村姑纯朴、善良、赤膛脸，有一种高原红的感觉，像极了这个节气树上熟透了的柿子，散发着甜丝丝的香气。

我一直觉得秋分是明媚的。

天空高远，女儿喜欢在这样的天气里数云朵，这一朵像骏马，那一朵像小白兔，还有天边的那一朵，像是梅花鹿，甚至，还有像叮当猫的，但是，总数不清有多少朵。就像我们站在街角数人，总数不清有多少男人和女人。

我喜欢到田野里去，什么都不做，躺在青草上，闻青草的香气。这个季节的青草，草绿了许多，可以躺卧其上，甚至可以打个滚儿，满鼻孔的草香，整个人都想陷进草丛中，甚至有吃那些青草的冲动。青草的气息，让我第一次知道“忘神”这个词的确切含义。

到道德中宫去参加一个学术沙龙，见到一口石缸，缸内养着三四尾锦鲤，煞是喜庆，与周遭红墙碧瓦的宫院风格相比较，更凸显出这个秋天的几分趣味。

在阳澄湖景区旁边一处农家民宿里吃过金黄的大闸蟹，沏上一壶普洱茶。民宿是茅舍，周遭是水，远处，是在秋风里一夜白头的芦苇，秋风摇曳，白露振翅，尽管没有白马入芦苇的禅意，也差不多，而且多了几许轻盈。眼前景，杯中茶，秋天的况味平添了几重浓重感。这样的情景，这样的普洱，似乎应该奋笔疾书，写一些宏大叙事的长篇随笔。

清晨，在涡河边读《大地上的事情》，露珠晶莹，透过它们，可以映照近乎280度的景物，这也算是秋天带给我们的寥廓了吧。头顶上，一只叫不上名字的鸟啁啾而唱，它的羽毛是那样鲜艳，几度令人着迷，它在啄树上一枚红透了的柿子，兴许是满目的秋景或者是柿子的甘甜让它禁不住扯开嗓子歌唱。

这个秋天，喜悦的场景太多。最温馨的还要数隔壁李老汉家墙垣上的丝瓜花，丝瓜这种生命力旺盛的东西，真是无孔不入，且太爱生，一根根丝瓜常常把丝瓜藤坠得像下弦月，藤上的黄花灿然而绽，有甜丝丝的香。蝈蝈最喜欢这些花，常常趁着主人不在，跳上去偷嘴，不过蝈蝈还算有良心的家伙，秋夜月色里，它们会悦耳地唱起秋日的赞美诗，来回报丝瓜花的奉献。

“小饼如嚼月，中有酥和饴。默品其滋味，相思泪沾巾。”这个季节，月饼占据了各家餐桌上的点心档。如今的月饼，色香味均有所改观，根据现代人的口味和接受程度，也更小一些，花样推陈出新，一盘小饼如花，中秋如河，绽放在中秋之河的两岸。秋风渡河，口唇之间鼓噪着别样的甜蜜。

秋日明媚，秋分朗丽，秋思无限，秋风撩人。在这样一个满目风景的秋日，总会让人怀乡，怀人，求之不得，辗转反侧。入夜，在窗口里望那轮满月，看着看着就释然了，古人不是说，“千里共婵娟”吗？

且问秋安

立秋这天早晨，空气里稍稍藏着点滴凉意了。

摊开《灵飞经》，写字的工夫，笔画里似乎少了许多黏腻，多了几笔疏朗，这就是秋天的高妙处。那些草木，可不就是天地间的笔画吗，水分不再那么足，经过了酷暑的历练，干爽精致了许多。

这天上午，我在厨房里看朋友做鱼头炖豆腐。新杀的鱼，去掉鱼鳞，抠净两腮，从中间剖开，洗净，放在锅里与热油打两个照面，加水，放上葱姜、八角、香叶、花椒，一通炖，直到汤色发白，放入四方块的嫩豆腐，完全不用放什么鸡精之类的作料，就非常有味。秋天来的时候，喝起这道汤，整个人的身体就格外爽朗。

多年以来，朋友一直在江苏几个地市做生意，每年秋天，总会邀我们去他的居所，亲手为我们做几个拿手好菜。他一边做菜，一边抽空与我们唠嗑，朋友还是老的好，菜还是自己做的放心。今年，漂泊了多年的朋友从遥远的江苏回到皖北小城，照例不忘为我们做菜。他说，这是“啃秋”，也叫“贴秋膘”，在一起贴秋膘的，不是亲人，就是至交——贴，可不就是贴心吗？

秋天里，俯拾即是美味，遍地皆有吃食，在哪吃都是吃，一个炒扁豆，千人千味，关键是和谁一起吃。隔江千万里的朋友，会照例发个短信，互问秋安，秋天里似乎是最适合问候的季节了。秋高气爽，鸿雁传书，鸿雁飞行的这一路，处处也都是风景，送来的也都是裹挟了秋阳的好消息。

重读郁达夫的《故都的秋》，依然是那么美好，这么多年，除了唐诗宋词，写秋的文章，就数它了。秋的声，秋的味，秋的意趣，在郁达夫的笔下，全都有了饱满的色彩。想起1923年再次来到北京的他，寄宿在自己的兄长家里，工作是去北京大学教授统计学，这哪里是他的专长，况且每个月只拿微薄的报酬。这样的人生可谓步入“秋凉”，可是，郁达夫却能在这样的秋天里活出春天的意趣来，他接济文学青年，有许多人在他的帮助和扶持下，后来都成了享誉全国的大家。郁达夫的秋天里，流动着别样的温暖和金色。

秋天里，就是适合交友和互致问候的季节。“遥知兄弟登高处，遍插茱萸少一人”，这也是秋天的景象；“不知秋思落谁家”，这也是秋天的情愫。在旧时，秋天一到，书信在时空的织布机上，如梭子一样频繁穿梭，穿越到古代，我们每个人在这个季节，最常见的动作就是研磨，执笔，互问秋安。

是的，秋天来了，这是多好的借口，且问秋安，你还好吗？

秋天里的那点儿闲

“闲”这个字，繁体字是“閒”，在门中望月，多有画面感，人一闲下来，没事做了，就掇条凳子，坐在门槛内，托着腮，望着天宇之中那轮圆圆的月华发呆。这时候，光阴静止，时间之河慢慢在从前流淌过去……

木心先生的那首《从前慢》近年来备受大家热捧，他于2011年故去，这首诗是从他众多手稿中被翻出来的，时间应该有些年头了，多年以后，仍能引起大家的共鸣。足见，对慢时光的推崇和向往，是永恒不变的主题，是属于生活美学范畴的重要课题。

现如今，慢生活已经被越来越多的人所喜欢，许多休闲度假类的文旅项目也开始以“慢”为主题，大做文章，比如慢城，顾名思义，进入这座城市，你的节奏都是慢的，是闲适的，不急不躁，没有工作、情感、生活、债务等推着你走，你自己走，慢腾腾地踱步。

但我始终觉得，“慢”与“城”结合，多少有些不合时宜。我还是喜欢安徽池州石台县的一个名叫“慢村”的地方。“慢”与“村”相逢，好比金风玉露一相逢，多契合呀！现在来回想，旧时的乡村生活多慢呀，耕种，劳作，烧火做饭，生儿育女，乡间的炊烟、犬吠，都是那样地安宁而富有诗意。

慢村这个地方，四周皆茶园，最适宜初秋前往。很多人来这里，可以认领一亩茶园，每年都可以免费住这里的地道民宿。民宿是黄泥墙，山区的古村落改建而成，石块铺出来的院子，四周烟雾缭绕的云霭。清晨，鸟鸣如闹钟把人叫醒，邀请朋友到自己的茶园来，摆开茶几，用山泉煮水，冲泡一杯新茶。这周遭的山峦、草木，与眼前的人，都自带“美颜效果”，看什么，心里都透着清爽。

民宿前的那树上的磨盘柿子，似乎是从《山海经》里走出来的，红彤彤的脸庞里，透着些许古意，有不知趣的鸟儿前来叼食，主人也不撵，“这就是大自然的恩赐，人能吃，鸟也应该分享”。民宿的主人有他的逻辑，这逻辑，温情中透着淡淡的爱意，和这个秋天的那点儿闲适融合在一起，也似这石台山峦之中吸纳灵气的一杯绿茶，肺腑之间都是草木葳蕤。

“人闲桂花落，夜静春山空”，这是摩诘的句子，如果我有充足的资财，一定会在山区买一处民宿来养老，院子里也种上桂花。待到秋天来的时候，在桂花树下品茶，看膝下儿孙承欢。夜静下来，看满天星斗，邂逅一场流星雨，与渐渐花掉的老眼和身边的老伴儿指着朦胧飞过的一两颗流星，这辈子也不枉走此一遭。

这就是“闲”的迷人之处，也是古人造字的浪漫。即便是换成简化字，也不忘在门内放下一个“木”字，我们是不是可以这样理解，即便是雾霾笼罩了天宇，空中的那轮月看得不那么真切了，身边的草木也一样可以愉情，也一样不妨碍我们“闲适”一番。

秋天越走越深，“白露打枣，秋分卸梨”，一切都是最好的安排，我们只管跟着季节，一路慢走就是了。在旖旎的路上，别忘了多给自己制造一些“闲适浪漫”，这是我们难能可贵的生活美学。

秋天里的食粮

秋天里的食粮，不光是喂给口腹，还要喂给眼睛、脚丫和鼻孔。

那些满目金黄的银杏叶，在枝头，让人想起泰坦尼克号里的老人，让人想起线装的泛黄书页，甚至想起巩俐、徐帆这样不老的明星。我见过许多舞台剧，一般需要用到大树，用的就是银杏树，树下端坐老者，须发皆白，仙风道骨，风吹拂，偏偏黄叶落，很有意境。

若能移步秋野，到沟渠小溪里去看，这时候的水，清澈见底，连河底的草根、鱼苗都纤毫毕现。其实，不怕秋凉的人，不妨在这样的小溪里濯足，彻底感知来自大自然的讯息，天凉了，和“冻头冻脚，强比吃药”的谚语做个了断。

秋天又是多适合读书的季节，秋天里的阅读，深邃而沉静。这时候，最适合温习车万育的《声律启蒙》，感受“云对雨，雪对风，晚照对晴空。来鸿对去燕，宿鸟对鸣虫”的古典意境。也可以读一读《本草纲目》，在这样一个收获和凋敝的季节，感受我们周遭植物的生死轮回。

伤春悲秋，不仅仅是古代才子佳人的专利，今人也有。到了秋天，望见满目秋景，很多人不是欣赏秋天的寥廓和丰满，而是感慨万分。他们总是牢骚说，现实是“你好毒”，其实，我有一个谐音的解药，送给他们，就是“你好读”！秋天里的阅读，的确可以弄明白很多事情。

秋日一到，尤其是到了霜降前后，中国人提倡“贴秋膘”，我觉得，倒也适合给全身“贴秋膘”。抽空到离家不远的小山上去徒步，看层林尽染，让全身都置于天然氧吧中；或者到温泉去沐浴一下，最好是中草药温泉，补气养生，给自己积蓄一些过冬的热量。

到农舍去，看到鸭子在田间踱步，这时候的鸭子再也不像夏天那样跑得“花枝乱颤”了，而是慵懒闲适，像贵妇人。鸭子肥了，距离砧板就不远了，厨子们都知道这时候的鸭子最好吃。抓来一只，效法《随园食单》的做法：“生肥鸭去骨，内用糯米酒一杯，火腿丁、大头菜丁、笋丁、秋油、酒、小磨麻油、葱花，俱灌鸭肚内，外用鸡汤放盘中，隔水蒸透。此真定魏太守家法也。”真可谓是“填鸭”，只不过这次用的是作料，做成一个美味炸药包，来轰炸你的味蕾。魏太守是谁？这么会吃，袁枚定然是他家的常客了，要不然，怎会把这么私密的配方说与袁枚？

我们可以想见，秋天的庭院，透过花墙，看见袁枚与魏太守把酒言欢，旁边的菊花开得正欢，那上面未干的露珠，不知道是不是菊花的口水？

花墙外，不知道有没有叫卖声？

卖的是酒酿汤圆，新鲜的桂花，刚刚碾碎的芝麻，当季收下来的糯米，尝鲜喽……

“娇云溶漾作春晴，绣毂清风出凤城。帘底红妆方笑语，通衢争听卖花声”，这是宋徽宗的最爱，他曾最爱开封城里的叫卖声，写来这首诗，如此推算，秋天的叫卖声肯定更让这个帝王念念于心。勾栏瓦舍，市声喧嚣，都在这个秋天的舞台上展览，撩人心性。

再也没有任何一个季节让我们如此关注身体，再也没有任何一段时光让我们如此关注心灵。

秋天是一个大的菜市场，也是一座大的厨房，更是一个大的音乐厅，养眼养耳养心，更悦神。让我们赶快融入秋天的洪流中去吧……

秋意缭绕亦撩人

自古秋意胜春朝。石榴的脸皮渐红，秋天的意蕴就越发足了。转眼已是白露，清晨起来，院子里的油纸伞上湿漉漉地结了一层露，有许多莹润地汇成一条条小溪流，吧嗒吧嗒地滴在银杏叶上，这是秋天里最清脆的声响。寒蝉凄切，在清晨它们是喑哑的，大气都不敢喘一口，到了正午，才敢于在阳光里练练嗓子，叫了几声，还是噤住了。

这个时节去林子里，还能见到一些蝉蜕，倔强地趴在树干上，形单影只，似乎是夏天的最后一班岗哨，秋风再凛冽些，它们也要化作泥土了。这样的日子里，北方人喜欢贴秋膘，在皖北，最适宜做的是包子。很多地方，都有“包秋”的习俗，意思是把无边的秋意都包到一种食物里。秋天是收获的季节，包秋，可不就是收纳所有的“收获”吗？颗粒归仓，这是天地之间的仪式，这种仪式反映在饮食上，美味而喜气安稳。

这几日的包子，最宜用的是当季最新鲜的蔬菜，比如，经典的“韭菜鸡蛋木耳虾皮馅儿”，韭菜是粗纤维，鸡蛋中富含天地间至阳之气，木耳是不可多得的菌类，虾皮则用来提鲜，食之，一两枚是欲罢不能的。若是能佐以自家制作的秋酱来吃，饭量小的女生也能吃下两三枚。一枚秋包十八个褶，这些褶皱中，蕴含着人们对美好生活的诸多希望，吃得秋意葱茏，吃得心怀开朗。

这个季节，最具秋意的还有雪花藕。在故乡亳州，向来有这样的民谚："头刀韭，雪花藕，新娶的媳妇，黄瓜妞。"雪花藕，样子讨喜，口感更是爽脆多汁，这样的莲藕可以与豆荚清炒，也可以与黑木耳一起清炒，风味绝佳。

美食慰衷肠，秋意解情怀。人在这个时候，格外喜欢亲近草木。毛毛草跳完了最后一支秋风舞曲，把草籽散播到周遭，它的使命也就完成了。芦苇，在秋风里银发如雪，这个时节，走进山林，我喜欢住在一所老房子里，一定要是木结构，裸面的木质，不需要任何油漆粉刷，就那样"素面造"，让人亲近它的时候，最能感受到木质的清香，最能感觉到木材的熨帖和暖意。秋风凉爽，秋空高洁，凭栏远望，身旁的木柱子、廊道、雕花、雀替，在秋风里散发着自己的体香，与远方淡淡飘来的桂花香融合在一起，这才是秋天的意趣。

秋天，不只有文人雅客的愁绪，还是可以有一些浪漫的。打开微信朋友圈，看文友在晒爱人给他做的桂花汤圆。桂花是新采下来的，糯米是雨后石臼里新砸出来的，素手团出来的汤圆，下到沸水里，水开了，汩汩飘香，这个时候再来品尝秋意，滋味就更深一重了。

束之高阁的蝈蝈

你逮过一只蝈蝈吗?

夏日里，烈日当头，那些在青绿的豆苗深处伏着的乐手，一双近乎蝉翼的乐器在背上有节奏地摩擦，吱吱吱吱，阳光越烈，它就唱得越欢。猫着腰，蹚过豆苗的少年，目光如电，瞬间就发现了蝈蝈的踪影，两手伸出一捂，叫声止息，裂开手缝一看，那厮正在手掌中张牙舞爪地咬你的手心呢。

逮蝈蝈，要掌心虚空，否则，蝈蝈就有少胳膊断腿的危险。所以，眼力见儿要好。逮蝈蝈需要引子，引子一般很好取材，方形的竹筷子，中间砍断，四条棱上分别刻上凹坑，用另一半筷子在凹坑上摩擦，声音和蝈蝈的叫声相似。

走进豆苗地，拉着引子，蝈蝈很快就被勾引。蝈蝈的优点是爱唱歌，致命弱点也是，所以，经不起引子的撩拨，欢快地唱起来，这一唱，瞬间也就暴露了踪迹，被人捉到。有的被逮到放到农舍的院子里，有的就更惨一些，装在小笼子里，被蝈蝈贩子走街串巷地兜售。

即便是待价而沽的蝈蝈，仍不忘唱歌，所以，蝈蝈贩子几乎不需要吆喝，蝈蝈自然替他吆喝了。蝈蝈真傻，傻到了替贩卖自己的人吆喝的地步。就好比鲜花在替春天吆喝，还要说：“看哪，春天多美好！”

你养过蝈蝈吗？

我喂过几只蝈蝈，它们爱吃南瓜花、丝瓜花，也爱吃苹果之类的果肉，那些被卖到城市的蝈蝈，不知道会不会水土不服。况且这些小东西被装进拳头大的笼子里，吃不愁穿不愁，会不会得贵族病。这感觉，又总让我们想起儿女有出息后，进城的父母，他们到了城市以后，生活条件改善了，却显得心灵孤独，没有旧时可以谈心的邻里。

蝈蝈似乎才不管这些，我走进老街深处，尤其是在有月光的夜晚，巷子里常常飘来蝈蝈的叫声，澄澈而明亮，若能屏蔽其余的市声，蝈蝈的叫声堪称天籁。我喜欢这种身处牢笼仍在动情歌唱的小东西，似乎只有它们才配得上“歌者”的称号。

蝈蝈这种小东西，寓意吉祥。《螽斯》作为世界上最早的记载蝈蝈的文字，有这样的句子：“螽斯羽，薨薨兮，宜尔子孙，绳绳兮……”这些唱词欢天喜地，“螽斯衍庆”被用来寓意“儿孙满堂”，很多画家都把蝈蝈与石榴画在一起，寓意多子多福。

但我还总是觉得，蝈蝈应该是属于乡野的。

侯门一入深如海，从此乡野成陌路。那些在城市深处被束之高阁的蝈蝈，若是紫色的品种，可以越冬，被人揣在怀中，蜷缩在蝈蝈篓里，主人若是去了浴池，它们感觉到了暖，唱得可开心呢。让洗澡的浴客瞬间想到了万亩青碧的豆苗，还有扑面而来的青草气息……

豌豆相伴消永夏

“赤日炎炎似火烧”，若要你对一句下联，你会接什么？

我会说，“冰镇爽凉豌豆糕”。

在故乡谯城，每到夏秋两季，大街小巷最好卖的是什么？答案也一定会是“豌豆糕”。

豌豆这种东西，个头小小，却粒粒饱满，滚圆得像邻居家的胖小子。它是所有粮食中最饱满的一种，也是最具粮食香氛的一种。旧日里，皖北乡间，每每有布谷鸟的叫声“阿公阿婆，割麦插禾”，豌豆就要熟了。布谷，在谯城，还有一个颇具食物性的名字——“豌豆饱鼓”。这个名字和布谷鸟的叫声十分接近，布谷鸟声入耳，豌豆就可以下锅了。

豌豆在中国的种植历史要追溯到汉朝，豌豆不是土生土长的中华食族，因为来自异域，《尔雅》中称它为“戎菽豆”，这个名字我不喜欢，总给人一种酸涩感，哪像豌豆本来的味道？

到了三国时期，曹丕曾在自己的诗作《善哉行》中写道：“上山采薇，薄暮苦饥。”薇，其实就是豌豆苗。那时候行军打仗多辛苦，劳顿杀伐，人很快就饿了，所以要事先采摘一些豌豆苗带着，以备不时之需。我想，那时候的豌豆，熬一碗野菜粥，就成了战士们一天最幸福的时刻。

是的，有豌豆苗吃，苦也是甜的。

豌豆甜，刚刚成熟的豌豆更甜。把豌豆直接放到锅里加水来煮，水滚三巡，扑鼻清香，拿起一只豆荚，放在口中，牙关微闭，从豆荚尾部一拽，一粒粒滚圆的豌豆都呈现在舌尖上了。这种简单且颇有调皮意味的吃法，在皖北深入人心。

当然，如果你想吃得高端大气上档次一些，我就推荐你吃豌豆糕了。

在盛夏、初秋时节，皖北人的餐桌上最讨巧的一道菜就是豌豆糕。豌豆糕的做法十分简单，全国各地都有，但谯城的做法与众不同。

成年的豌豆，脱壳去皮，在石磨上磨成豆瓣儿，然后，再经由一遍小磨磨成粉就算工序完成过半。把豌豆粉加上少许食用碱，在沸水中煮成豌豆糊，加入糖和桂花少许，再沸一滚儿，将豌豆糊儿盛出来冷却，趁着这个当口，用高压锅把红豆煮成赤豆糊。赤豆糊也照例盛出来放凉后，把原来冷却的豌豆糊放到赤豆糊上面，放在冰箱里冻一下，一个时辰左右，豌豆糕就可以新鲜出炉了。这时候的豌豆糕，切成方块、菱形等，码在盘子里，清香爽口，沙楞楞，甜蜜中带着一股桂花香，吃起来，是当之无愧的齿颊生香，是消夏的必备品。

明代养生学家高濂在《遵生八笺》里称豌豆为“寒豆”，足见豌豆是凉性，最宜在夏天和燥热的初秋食用，不仅可以下火，还能益脾胃，解热祛毒、利尿。在早些年的乡间，一些很有见地的产婆治产妇乳汁不下，就吃豌豆糕，或用豌豆来煮粥，效果立竿见影。

小小豌豆，承载着太多的甜蜜的过往，也承载着不少清爽。是的，在孩提时，故乡的玩伴们把豌豆称为“冰炸弹”，足见，它是盛夏里不可多得的“舌尖福利”。

霞栖檐上来读书

在乡下，建一座院子，是一件很幸福的事情。

抛却劳动时的汗流浃背，在秋风吹来的日子，霞光栖息在屋顶上，我们摊开一本书来读，好不惬意。

傍晚的乡间，空气轻盈得几乎可以浮得起《诗经》中的歌谣。篱笆外，青葙子开得正好，看一本书，最好是和草木相关的书，在这样寥廓的秋景里，很是应景。

好的书籍，可以经由目光通向心里一条路，我们在这条路上思绪如舞，心歌阕阕，不知不觉中，时光匆匆，岁月悄然改变了年轮。

久在樊笼里，复得返自然。从古至今，很多人在俗世生活中摸爬滚打，伤痕累累，心颓了，意废了，就向往乡村，建一座精舍，读书度日。

《围炉夜话》里说："误用聪明，何若一生守拙；滥交朋友，不如终日读书。"是的，与其和没有意义的人和饭局纠缠，不如多读书，丰满心智。

看过很多人在深山幽居的故事，他们有的是情侣，有的是画家，有的是作家，用自己的镜头记录幽居的点点滴滴，很是惹人艳羡。

幽居不必避世，万事追求自然。我自小在皖北乡村长大，我出生的村子，遍地种植的都是中草药，若在这个秋季，菊香四溢，万朵菊花犹如满天星斗落在了大地上。在这样的菊香中读书，醒神醒脑，书中的文字，犹如仔鸭归巢般，朝你的脑海里跳，忘都忘不掉。

若是霞光恰好，一朵云落在屋檐上，这就多了另一番意趣。

乡野有乡野的好，幽静。静得可以听到秋虫的赞美诗，也可以听到小溪调皮的追闹玩耍嬉戏。

有好书，如坐殿堂。

苏东坡说得好："书富如入海，百货皆有。人之精力，不能兼收尽取，但得其所欲求者尔。"有一本好书，一切都已经足够，何惧居庙堂之远？

我认识一位儿童文学作家，就喜欢在乡村住，他还是一位画家。看他画很多乡村小品，配的还有小诗，很有意思。比如《闲适》——

好想不要栅栏
洗个野澡
好想买个芋头
挂在月亮弯弯
好想拔一根美猴王的毫毛
变出无数个妖精
自己打着玩
好想什么都不想
发配七百年的狗八百年的猫

都去洗碗

是的，乡村静读，就是一份闲适，一份意趣。在金色的暮色里读书，我总感觉最能进入状态，思绪最易飞起来。

行笔至此，我又隐隐觉得，读一本好书，就像白鸽扑棱着翅膀，飞向阳光深处。

一窗秋景半部书

有些景，未必要看个满眼才雅致；有些书，未必要一次阅完，才叫过瘾。

秋天越走越深入，搬个凳子在院子里看书，恰巧有一个花墙，墙上有小窗口，扇形，望见窗外的一枝红枫像一团火在燃烧，旁边露个头的太湖石，俨然一个顽皮的孩子在说，那团火是他放的。

少不经事，其实，红枫如火，哪关石头的事，就是这样煞有介事地爱承担。就好比，人在生活中遇到了难解的题，立刻搬出三十六计来研究，把所有的希望都寄托在这本书里，其实，你的难题未必关三十六计的事情。

院子里，菊有黄华，菊瓣低垂，如飞天舞起来的绸带，隐隐飘着久远的香氛，似乎是从陶渊明的诗句里洋溢出来的。去年此时，我在扬州一个公园看竹子，也是透过窗子看的，竹子这种植物就适合透过窗子来看，而且要透过古建筑的窗子，有风吹来，竹影婆娑，仪态万千，似乎可以感知竹叶里散发出的成熟的香。

在我看来，一处风景，一片景观，十里风光，都不如

“一窗风景”。窗是建筑的眼睛，有了它，建筑就有了神韵，从一座建筑的眼睛里看风景，角度新颖，美感纷至沓来。

有个词很好，叫“意犹未尽”。尽了，则少了神秘感，只会兴味寡淡。有人说：“得不到的东西才最美。”其实，一把砂糖，让你舔一舔尝到“甜头”，然后再给你拿走撤下来，最吊人胃口，眉间心上，放不下的都是刚才所尝的甜的味道。

中国有句古话叫：“情深不寿”。福不可享尽，话不能说满，势不可去尽。说实在话，有人问我，怎么看待中国最伟大的文学作品之一《红楼梦》？我的回答是，我压根就没有看完过，许多人拿它当小说来读，我则是当成散文来读，或者说是当成工具书，看其中的饮食、服装、风俗……我觉得这样才有意思，何必一股脑儿把故事情节弄个明白，后来的种种美妙于你都失去了吸引力。

五代时南唐著名诗人孙鲂说：“窗中看短景，树里见重川。”我个人觉得这是很雅致的事情，就连钱钟书也说，风景是要配上窗子来看的，中国园林取景框景的曼妙，连同不见全貌的悬念感，撩人胃口。就好比一本书，没有读完，心心念念个中故事情节如何，人物命运何去何从，感觉那本书一直都不曾离开你。

生活中哪有那么多“那年花开月正圆”的事情，多半情况下都是花正含苞，月已上弦，这种没有完全盛放的美，惹人喜欢。这样的美，不登峰造极，还给人留有念想，让人还想看看它余下、未来的样子。这份期待，亦是内心的风景。

一日凉

连日的伏燥之后，夜里，突然落下了一场透雨，听见院子里的那口水缸里，哗哗满溢的水声，还有芭蕉叶啪啪作鸣的雨响，一股湿润的气息从窗口溜进来，顿时想起古人“蕉窗听雨”的雅怀，心情格外舒畅。

荷花开得正艳，花影摇风，有一种异乎寻常的美。突然想起李宗盛在情歌里的句子：“男人久不见莲花，便开始觉得牡丹美。”莲花的美的确要赶超牡丹数百倍，因为它在美的因子里，又加入了许多“干净”的元素，格外讨喜。加之昨夜落雨，面朝荷塘，支开桌椅，落座品茶，茶在唇齿之间畅游，吹面而过是凉爽的风。

苏东坡说：“殷勤昨夜三更雨，又得浮生一日凉。”诗词与人的日常怎会如此相似？不管是落在宋朝诗词里的雨，还是落在昨夜蕉窗旁的雨，成分不改，人的心智相符，才会如此亲昵。雨泽天地，更能清爽天地间的气息。

万千颗甘霖换来一日清凉，这样的情境，总能让我想起胡兰成所造的一个词“风雨琳琅”。单纯看胡氏的文字，不评价其人情世故，还是很不错的。风雨琳琅，是多么美好的一个词，风声雨貌都如珠贝一般，哗然落下，大美不言，空落一夜，第二天，享受着手边的风凉，还念着昨天的“琳琅”。

难得一日清凉。

现代人的生活节奏太快了，有时候是工作在A城，住在B城，每天上演双城记，稍有闪失，就有耽误工作的嫌疑；即便单位和家庭距离较近，还有千头万绪的琐事供你拆解，此情无计可消除……所以，偶然落下的一场雨，会让沸腾的人心放慢下来，会强制你休整、安静、梳理，会不由自主培养你的雅怀，让你有心思想一些吃茶、展卷、研墨、绘丹青的事情，生活当中的许多事情，有一半应该感谢雨的“成全”。

若干年前的望湖楼畔，苏轼快要靠岸的时候，风雨大作，他用“白雨跳珠乱入船”这样的句子来表达喜悦。“白雨跳珠”，它的前奏是“黑云翻墨”，世间的黑与白都是相互成全的，东坡先生的诗词里总是饱含哲理。风雨之后，望湖楼上写下五首诗词，这雨，对于他，何止有眼前的清凉，更有笔底倾泻的爽朗。

又一日，西湖之上，东坡微醺，恰逢落雨，雨后初晴，他再次提笔，“朝曦迎客艳重冈，晚雨留人入醉乡”，好雨留人，人才会感觉到凉爽。不然，人还是会烦闷，雨是好雨，人心如汤煮，再大的雨势也经不起烦躁的柴薪烧烤。

好雨借我一日凉。是的，这样的凉爽是“借”来的。凉是我们从雨那里借来的，香是我们从花那里借来的，就连岁月也是我们从光阴深处借来的。只因是借，我们才会如此敬重，就好比“书非借不能读也”，生活当中的许多美好，也非借不知珍惜也。

有书当裘冬不寒

转眼就是小雪节气了。

傍晚的时候，停了电，点一支蜡烛，在屋里读李敬泽先生的《青鸟》，看着跳动的火光，读着书中的随笔，心里顿生暖意。

人是容易被意向点燃的。比如，曹操在大军中高呼的“前方有梅林”，士兵们就解了渴。火光也是，看到烛火，人心中就有了光明，周身就有了温暖；更何况，还有手里的书，如果说火光带给人的是皮肤的暖，书籍带给人的是内心的火种，越读越热络，甚至有些书能让人读得大汗淋漓。

书，是冬日里精神的火锅。

读史书，是老汤锅，涮肉久了，汤色浓郁，吃什么都有味道；读今人书，是清汤锅，熟悉的文风，熟悉的生活场景，新鲜清澈；读小说，如吃铁狮子头，各色内容在里面；读诗歌，如啖芥末，提神壮魂；读散文，如品茗，一通海吃之后一盏茶，是可以让人灵魂出窍的。

叶灵凤《书斋趣味》中有这样的句子：

在这冬季的深夜，放下了窗帘，封了炉火，在沉静的灯光下，靠在椅子上翻着白天买来的新书的心情，我是在寂寞的人生旅途上为自己搜寻着新的伴侣。

作家是优雅闲适的，冬季的深夜，窗帘放下来，炉火封上，屋子里多暖和，背靠座椅来读书，何等悠闲自在。眼前的一切都沉寂无声，眼下脚下都是自己的乐土，关上门，摊开书，整间屋子就成了自己的王国。

小雪以后，北风紧，偶尔会雨雪交加，出门逛，也要把自己裹得像个粽子，不如窝在家里，读一读书，让精神去游历。

我一直觉得，书籍也像是一座超市。

礼失求诸野，懵懂求诸书。应有尽有的知识，供您游赏购，苏东坡说："书富如入海，百货皆有。人之精力，不能兼收尽取，但得其所欲求者尔。"连他这样的大学问家也这样说，我们哪有什么理由去冷落书本呢？

其实，书本所能带给我们的东西，永远都要比我们所想象的还要多。

南宋诗人尤袤说："饥读之以当肉，寒读之以当裘，孤寂而读之以当友朋，幽愤而读之以当金石琴瑟也。"眼下，正值冬日，窗外的冷，需要用我们内心的热来煨热。而书籍，是唯一可靠、安全、环保、高贵的柴火，随手一翻，被带入书中的情境，犹如进入禅定，只不过僧人是袈裟披身，我们是书页披身，带着汉字的书页，这是多好的貂裘啊！

有一种桃源叫“乡居”

看很多人提及“乡居”二字。我很惭愧，一直感觉自己是个乡下人，却在乡下没有一处房产，更没能攒下足够的钱，像隔壁包工头的二宝一样，给父母盖一座两层半的乡墅。

前几日回家，看到老家的宅基地上，因没有人打理，倒了的旧墙垣，被人取土拉走，垫高了别人的宅邸，空地上，被邻居种上了南瓜。在秋风里，南瓜身躯滚圆，煞是喜人，我却不知道该喜还是忧，因为，那毕竟不是我家的南瓜。

我有时候甚至想，我就好比是这些南瓜，寄居在城市，而城市却不是自己的家。家，在我看来，似乎一直都在30年前那个生我养我的小乡村。因为，父母还在那里，祖辈们还在小乡村的南园，在地下三四米，躺在他们的原木做成的古船里，深切地望着他们的儿孙，也望着我，成长，离家，再回来。

前几日，去桐乡乌镇，在丰子恺故居看到一些逸事。看到丰子恺在母亲的唠叨声里，用自己的稿酬在故乡盖起了一座房子，定名为“缘缘堂”。我顿时觉得，这个世界上所有的母亲眼光都很好。

在乡下，要有一座自己的房子，这是最起码的保障。人无论走多远，心里一定是都想着要叶落归根、衣锦还乡的。这是根深蒂固的传统习俗，人越是到了一定年龄，心情就越加地迫切。我想，丰子恺的母亲，也正是出于这一缘故，才让儿子建起缘缘堂的吧。

后来，虽然缘缘堂倾颓，后人们想起当年事，还是帮丰子恺恢复了房子当年的样子。如今，才有可能供人参观纪念。斯人已逝，老房子还在帮他托起一段时光，供人们到这段时光里去游历，这就是忠诚的乡居。

我有一个朋友，她有一双年迈的父母。近年来，父母年事越高，就越想到乡村去，买一块田，盖个小房子，终日和蔬菜做朋友，呼吸新鲜空气。好在朋友做药材生意，这点钱对她来说不算什么，说干就干，在亲戚家买了块地，房子三个月就建成了，装修一下，围成一个篱笆院，院子里种上向日葵、茄子、青椒、小葱等，父母过得很开心。其实，她的父亲两年前就被查出患了胃癌，切除了一部分胃，在这样的小院子里生活了五年，旧疾未再扰。她说，花这些钱，让父母老年得乐、得健康，真值。

这就是在乡下有一座房子的好处。处江湖之远，空气新鲜，环境安谧。

我所居住的城市小区，原来属于城郊，古时，这里曾建有22座私家园林。这些私家园林的主人，要么是告病还乡、告老还乡的官宦，要么是生意发达的商贾，要么是被罢的士大夫，他们，无一例外地选择乡居。我想，一是故乡的牵系，二是想绝了很多尘世间的杂念。

私人杂念，物欲横流，势利纷扰……到了这里，都接收不到“信号”了。难怪古今中外许多人，稍有家资，都会在老家建一座园子，或者整一座农庄。吃酒、看花、养禽、品茶，颐养天年，羡煞个人。

如果说这天底下真有桃花源的话，我想那就是在乡下的老房子边。

在旧志中散步

每个城市都有自己的史志，这些史志在历史的长河中记录、沉淀，历久弥香。

然而，很多人所意识不到的是，这些史志在付梓出版之时，并没有新鲜感，有些甚至丢弃蒙尘，过了十年二十年再拿出来看时，让人大为惊讶，原来多年以前的这座城市，还有这样一群人，这样一些建筑，发生过这样一些传奇。如今，很多已物是人非，难以捉摸了。

好在还有旧志，让我们搭乘文字或图片的快车到旧时光里去旅游，去打捞一些时光碎片，去遇见一群先贤故人，去寻觅长街短巷的一束梅花，去邀约旧时月色对酌共饮。

在旧志中能遇见故人。那些在河水边饮马的英雄，那些在小巷中飘过的戏词，那些宅院中住过的员外，那些林间奋笔疾书的书法家，都在旧志中隐隐散发着光华。读读旧志，如同与这些故人交心、对晤，那些已然仙逝的故人透过纸背跃然而出。

在旧志中能遇见旧时巷陌。比如，我所在的城市有很多巷子，其命名颇为考究，“里仁街”出自《论语》中的“里仁为美”，“永和街”取意“永致天和”，“大有街”取意“丰年大有”，“淳化街”取意“德纯淳俗”……每一条巷子都有一个儒雅的名字，这些名字的来源，在巷子里住着的人已经忘记，但旧志还在帮我们记着。

在旧志中能邂逅消逝的慢生活。那些在街角对弈的老者，才不管微信不微信、手机响不响、市声闹不闹，慢腾腾地落子无声，静悄悄地杀伐决断，有时候，我甚至都怀疑他们已经和街角的常春藤差不多，身上都静得长出了触角；那些在墙跟前负日之暄的孩童，身边躺着宠物，他们和它们都眯着眼，懒得理这眼前的光阴；那些在街边脱脚等风的妇人，享受着光阴带给自己的肆意……而如今，这样的慢我们只能从旧志的照片中寻觅到一二踪迹。

旧志好比当年明月。隐隐地从古时的天空向着现实伸出一缕光芒，在我们翻阅的时候，照亮我们的前额，也明亮我们的内心。旧志中的风物、建筑、交通、贤达，好比时光绘就的藏宝图，等待着我们去开启，等待着我们敞开心扉去接受朗照。

在旧志中散步，能够闻到那年今日此门中的桃花绯红；能够听到多年前的深巷里卖杏花的叫卖声；能够感知昨日那条穿城而过的河流的水温；能够看懂时光变迁里哪些人屹立不倒，哪些人颓然倒下，哪些人永垂千古，哪些人遗臭万年。

正所谓“明旧知新”。旧志就是能让我们擦亮历史的铜绿，看到历史铿亮光辉的一块砺石。它纹理清晰，质地坚韧，浑然古朴，又好像是一面铜镜，可以照见今时的美丑善恶。

牵着目光，在旧志中游历，感受不一样的旅行。

第四辑

最滋味

白露汤

节气这个东西真是很奇怪，白露一到，空气里就格外干爽了。这时候上街去，女人和孩子喜欢披着轻纱做的披肩，甚至是戴口罩，抹一层又一层的防晒霜，一是生怕把自己给晒黑了，二是怕干燥的空气带走身体内的水分，导致皮肤衰老。

朋友是一名中医，她告诉我，白露到了，就要养肺气，可以让自己皮肤细嫩有弹性，毛发光鲜，不易干燥分叉。所以，白露一到，我就喜欢到她家里去，目的很简单，蹭一碗汤喝。

朋友做这碗汤很有讲究，需要准备精肉二两，雪梨、青苹果、银耳各十克，还要准备少许杏仁，以及茯苓和大枣。砂锅煮精肉，滤去血水，这个间隙，把青苹果和雪梨削皮去核，其他配料一并放入砂锅内煮上一个小时左右，出锅之后，根据个人口味，加少量的盐，味道鲜美，丝毫不腻，且有一股淡淡的果香。朋友给这份汤取了个名字——“白露汤”。

我常常一次喝下两碗，有时候，甚至把衬衣都湿透，衬衣都“拓”在后背上。皖北人喜欢把汗湿贴身称为“拓”，这就好比宣纸贴在石碑上做拓片，方言很有意思，能体现出一个地域的文化遗存，说出来，齿颊留香。

就好比这“白露汤”，简单的食材和中草药，被誉为“养颜汤”。据说，东汉末年，曹操的夫人卞氏尤其喜欢喝这种汤，所以，一直驻颜有术。卞夫人之所以那么深得曹操喜爱，除了其贤德，与其不老的容颜也有很大的关系。

白露汤在很多素斋馆也很流行，只不过精肉被换成了陈皮，陈皮在下锅之前，稍微用温水泡一下，去除丝丝缕缕，这样，煮出来的口感更甘甜清香，更有“女式汤”的感觉。我曾陪文友去咸宁寺旁的素斋馆吃过一次，那家馆子里有古老的银杏树，吃罢这份汤，出门去，银杏叶微微泛黄，有的打着旋儿落下来。这份秋意更足，白露汤让身体暖中带着植物的果香，感觉自己与这个秋天都融为一体了。不知不觉中，心灵也与秋天这个“大磁场”契合无违。

经过了夏日的大汗淋漓，还有初秋的干燥难耐，白露蹒跚着脚步到来的时候，煮汤润心，何其养生逍遥。难怪很多人都说：“一份白露汤，秋日乐无疆。”

陈皮兔肉

那一年，月色明亮，田野里刚刚收了豆子，玉米秸秆也散发着成熟的体香。我和堂哥两人吃过晚饭，带着我家爱犬阿黄，早早地就守在田野里，只为等待深夜觅食的野兔。那时候，野兔遍地都是，白天里人多，晚上喜欢出来啃食庄稼，我和堂哥扛起“为民除害”的“大旗”，晚上去逮野兔。

野兔非常狡猾，每走几步就要东瞅西望，唯恐有埋伏，但野兔的警觉性好像也只有三分钟，三分钟之后，就开始肆无忌惮地啃食低矮的玉米，这时候，我会小声喊着“阿黄，上”，阿黄噌一下蹿出去，与野兔进行一场百米冲刺式的赛跑。

野兔跑得快，但耐力不足，跑出去三百米，基本就跑不动了，阿黄也不咬它，不停地叫唤着，一是吓得野兔全身觳觫，二是向我们指示方位，我和堂哥带着尼龙袋，上去一捂，野兔就成为我们的囊中之物了。

野兔的气性大，不能豢养，逮回来，最好的办法就是宰食。这样做，既能消灭“偷粮的家伙”，又能让我们的行为变成“义举”。

野兔是不可多得的美味。中医认为，能够补中益气，理气化痰，还能对糖尿病有缓解作用。有一道药膳，叫陈皮兔肉，做法也十分简单，与诸位分享——

新鲜的野兔肉，用盐巴腌制一个时辰，待用。把陈皮泡水十分钟，捞出来，切成丝，准备辣椒粉、葱花、姜片、料酒、酱油、白糖、醋各少许。然后把腌制好的兔肉切好，焯水之后，放凉，然后植物油烧到六成热时，撒入陈皮丝，辣椒粉与花椒、葱、姜煸香，下兔肉翻炒后，加入料酒。文火煨 20 分钟左右，出锅，这道美食就做好了。

陈皮不光有除燥湿的功效，还能化痰止咳，因此，陈皮兔肉也较为适合老年人来吃。陈皮这种作料能够除腥气，尤其是野兔，肉质还是很腥的，用了陈皮，在味道上会更胜一筹，有一股淡淡的橘香。野兔肉含有丰富的蛋白质，在皖北的许多地方，兔肉十分盛行，它被誉为“美人肉”，顾名思义，吃兔肉，养生美容。

在故乡皖北的街头，尤其是在老街，随处可以见到许多老者，喜欢食兔头。故乡是药都，这里的人们大都注重养生，喜欢食药膳，品药酒。兔头，作为野兔的精华部分，味道独占风月。这种兔头，在烧制过程中，也少不了陈皮这味作料，卤好的兔头，最宜下酒，有时候，半斤枸杞人参酒下肚，一个兔头刚好吃完。然后，喝上一碗粥，在藤椅上美美地睡去，风也轻，云也静，尊享一份别致的老街慢生活。

伏天里的懒人食

季节入伏，外面太阳毒辣得像幽居记忆里不减魔力的泼妇。这时候，小扇轻摇已经不足以解暑，索性整日开着空调，在室内看书、追剧、练瑜伽。对于家庭主妇来说，做饭肯定是最痛苦的事情，厨房是仅次于室外大太阳下的“烤场”。这时候，不妨做一些“懒人食”，给这个伏天来一些清凉。

懒人食，顾名思义，就是懒人做的食物，或者是懒人吃的食物。尽管和“懒”字有瓜葛，不代表就一定不好吃，相反，做得好了，还能解除不少这个夏天的暑气，给自己带来不少凉爽。

第一道“懒人食”，是我跟民宿里的一位先生学的，叫“曹氏三父子”。曹氏三父子是建安文学的领军人物，曹操、曹丕、曹植，我很想知道他怎么表现。结果竟然很简单，先做土豆泥，然后攒成球，置于白瓷碟心，摆成三足鼎立状，然后，曹操那只“球”稍大些，淋上芒果果酱，曹丕与曹植分别淋上蓝莓酱和青柚酱。这道菜就做好了，如果觉得不够清爽，还可以事先把土豆泥冰镇一下，更爽口。做这道菜的先生告诉我：曹操宏图大略，当然颜色呈现出智慧的暗黄色；曹丕多少有些心机，蓝莓酱最能彰显他的神秘；曹植才华过人，但灵魂的内质是个愤青，所以青柚酱最能体现出他的稚嫩。

第二道“懒人食”，是我在饭馆吃的。把青椒、红椒、洋葱切成大块，焯水三秒钟，立即取出来，切一颗西红柿，一起淋上酱油，撒上糖、些许盐巴，拌匀后，淋上麻油，即可食用。吃起来，满嘴果蔬的香。尤其是伏天吃，最能开胃解暑，令人大快朵颐。吃过这道菜，并不知道名称，以为是“老虎菜”，看了一下菜单方知，原来名曰“老干部菜”，名字真妙，你想外面的暑气已经凶猛似虎，哪里还能叫它“老虎菜”，“老干部菜”就尊贵谦和多了。

第三道“懒人食”也异常简单。买超市调拌好的新鲜肉馅，再买上几只苦瓜，回来把苦瓜洗净，中间的芯去掉，塞上肉馅后，一个个码在盘子里。然后上锅蒸15分钟，一道清爽鲜美的酿苦瓜就做成了。炎炎夏日，吃苦瓜最能败火，个中裨益，我不说，您也能明白。

天热令人懒，但懒人一定要有懒福，不然，懒就成了可耻。所以，懒人食是让你从“可耻”变得“可爱”的绝佳载体。

赤日炎炎似火烧，汗流浃背忙煮灶，推荐几道懒人食，消解暑气任逍遥。

荷香茯苓粥

吃莲子，最好的季节是立秋之后，暑气隐隐退去，空气清爽。这时候，莲子也在莲蓬母亲的怀里莹润醒来，嫩、脆、鲜、香，取下一只莲蓬，剖出一枚莲子，把莲子心取出来，莲子放在嘴里嚼，自口腔开始，整个身体都被莲子的鲜香给激活了，这样的莲子最宜熬粥。

小心翼翼地从莲蓬里取出一枚枚莲子，争取不破坏莲蓬的完整，这样的莲蓬还可以插在青花瓷瓶里，做成“岁朝清供”，时间越久，越有味道。莲子取出来后，可以去掉莲子心，也可以不去，那样更能去火降燥。准备好茯苓洗净之后，用石臼捣碎，与莲子心一起，加适量的米一起放在电饭煲里煮上两个钟头，至黏糯可口，香气透过电饭煲也能闻到，就可以盛碗了。

父亲是中医，每到立秋之后，就喜欢煮荷香茯苓粥给我们吃。父亲说，荷香茯苓粥是药膳，莲子能清心火、平肝火、泻脾火、降肺火，茯苓气味淡，有甜甜的味道，能生津液，开腠理，滋水源而下降，利小便，同时也能健脾开胃，生津除燥，对心脑血管病亦有疗效。这两者都可以食药两用，是养生佳品。

据说，宋代文学家“小苏”苏辙最善于养生。他年少多病，夏天到了没有食欲，秋天到了又怕着凉，吃了多少药都不管用。后来，有人给他推荐一种粥，就是“茯苓粥”，后来，苏辙又潜心研究《神农本草经》，把茯苓粥加入莲子，两者同煮，香味更甚，鲜味更足，经常服用，顽疾痊愈。

后来，他又把这款粥推荐给父兄，以求延年益寿，所以说，苏辙享年 73 岁，苏轼享年 64 岁，苏洵享年 57 岁，在那个年代，宋朝帝王的平均寿命仅为 50 岁，“三苏”基本也都算是高寿了。这不能不说也有荷香茯苓粥的功劳。

中国人向来讲究“不时，不食”，意思就是，不是当季的时令食物，最好不要食用。立秋之后，秋风起，湖上莲蓬起伏，像极了哲人点头，也像是在自我昭告“这时候的我最成熟”。这时候，作为食客的我们“遇见莲子，在它最美的时候”，就不要错过了。

不管是蓬窗竹屋，还是楼堂瓦舍，在室内吃上一碗荷香茯苓粥，透过窗子看窗外满目的秋景，或者干脆把粥拿到荷塘中央去吃，满眼都是硕大的莲蓬，打开饭盒，连水中的青蛙和蜉蝣都馋得垂涎三尺。一碗荷香茯苓粥，滋味养胃，食材又能带给我们美味以外的人文意义，真可谓“养心养胃两相宜，恋恋不舍在此粥”。

菊花宴

过了秋分，皖北大地很快就菊香遍地了。1800 多年以前，自从华佗在自己的故乡开辟药圃，种植亳菊以来，至今已与“滁菊”“杭菊”“怀菊”等并驾齐驱，驰名中华药典。亳菊，虽没有其他菊花那样花枝招展，在样子上讨人喜欢，只是鹅黄的花心，花瓣微微泛白，花朵开得也不大，内敛谦恭，像极了中国传统的隐士，比如陶渊明，每日只知道“采菊东篱下”，哪管他生前身后事？

九月，是菊花撒欢生长的季节。这个时候的菊花，在一个月内完成含苞、展妍、盛放，通天的香阵，让人想起一首诗——“待到秋来九月八，我花开后百花杀，冲天香阵透长安，满城尽带黄金甲。”在封建社会，这首诗可是一首“造反诗”，诗歌的作者是唐末农民起义领袖黄巢。当年，黄巢屡试不第，流落到亳州，亳州在唐朝是天下“十大望州”之一，他气息奄奄，晕倒在亳州城西的一座寺庙前，一位和蔼的僧人从寺院里出来，赶忙把他扶起来，一看便知道是又累又饿，加之偶感风寒，才晕倒在寺院外，僧人把刚刚熬好的菊花粥给他连灌了两碗。一个时辰左右，黄巢就清醒了。这个僧人名叫卞律，黄巢称卞律为师父，自此以后，再不相忘。他感恩于卞律的那碗菊花粥，更对亳州大地上盛放的亳菊念念不忘，以至于后来他对菊花由衷喜欢，甚至把菊花上升到了精神图腾的地步，足见菊花的魅力。

菊花何止可以煮粥，还可以和鲜猪肝一起熬汤，具有滋补肝肾，清热明目的功效。菊花可以避除猪肝的腥气，更可以增益猪肝的香味。煮汤的时候，加上几粒枸杞子，色泽上更添加了层次感，营养价值也更高。

我去过许多苏杭一带的药膳酒店，大厨们喜欢在菊花盛开时节，熬制鸡汤，然后洗净菊花投入鸡汤中，用这些鸡汤来涮生鱼片，一锅汤，有鸡有鱼，命名却是“菊花火锅”，明显，菊花才是这道菜的主角。

在故乡亳州，每逢亳菊盛开时节，名厨们都会拿出自己看家的本领，做成一桌桌菊花宴。比如，把铁棍山药削尖，成笔状，然后用菊花做成调料汁，以铁棍山药蘸食之，这道菜名叫“梦笔生花”。据说，吃了这道菜，有助于学子金榜题名。还有，就是把菊花与罗汉果一起煮成药茶，可以清热去火，喝后口不干舌不燥，在秋燥横行时，菊花罗汉果饮最受热捧。当然，也有用菊花来炒肉丝的，火候一定要把握好，不然，火大了，菊花容易变色，在色上，略略失分。

记得有一年去淮阳，吃到一款名叫菊花豆腐的美味。美味上桌，让人大呼好看，“菊花”花瓣匀称，上面点缀一粒枸杞，用勺子舀一口放到嘴里才知道，徒有其形，原来是用豆腐做成的菊花，这道菜纯粹考验大厨的刀工。我想，这道菜如果我做，一定把鲜菊花榨汁放进去一些，这样，就是名副其实的菊花豆腐了。

元稹诗云：“不是花中偏爱菊，此花开尽更无花。”这多少有些勉强，要我说，这诗何妨改一改——花中偏爱菊，哪管百花艳？

立冬食羹

有朋自南方来，恰值立冬，皖北的空气里稍稍有些干燥。住了三天，他跟我说，总感觉自己的身体要皱成一张纸。

我笑了，赶紧约他去吃一份羹。

一直以来，我不知道羹、汤、粥这三者有什么区别。问了很多人，得出的答案是：汤稀，羹浓，粥中有五谷——这个回答倒也精妙。如此说来，羹倒是很适合在立冬之后的天气来食。既能补水，又能补充能量。

立了冬，皖北人喜欢食羊肉。且尤喜做羊羹。

皖北人做的羊羹遵循古法："取熟羊肉斩小块，如骰子大。鸡汤煨，加笋丁、香蕈丁、山药丁同煨。"这是《随园食单》里的做法，很是简精，也易于操作。

我请朋友在老街吃羊羹，羹浓而有味，食之酣畅。再佐以死面做成的饼子，蘸上酱豆，吃得朋友微汗在额，大呼过瘾。

当然，这还仅仅是早餐。

午餐略。

到了晚上，妻事先把家里的砂锅洗净了，从菜市场买了一些羊肚回来，一通煮烂，切成丝，加上胡椒、山药等食材，做成了羊肚羹。这次，吃得朋友兴味盎然，衬衫都湿透了。

没错，这也是《随园食单》里的做法：“将羊肚洗净，煮烂切丝，用本汤煨之。加胡椒、醋俱可。北人炒法，南人不能如其脆。钱玛沙方伯家锅烧羊肉极佳，将求其法。”这本书被我们家当成“厨房教材”来用，很是顺手。这份羊肚羹的必备作料是胡椒，胡椒为热性，在冬日带给人温暖，被誉为作料界的“小火炉”，亦可提鲜。

一天三顿饭，“首尾”呼应，两顿羹。我问朋友，还感觉自己身体像一张皱巴巴的纸不？

朋友爽朗而笑说：“此刻感觉自己像一块吸了水的海绵。”

其实，在古法做羹中，还有一道名羹，是苏轼发明的，曰“东坡羹”。他喜欢在清晨早早起床，采摘一些带有露珠的蔓菁、芦菔在一起煮，配以精米，这样做出来的羹，汤清，味厚，鲜美无比。为此，他还专门写了一首诗《狄韶州煮蔓菁芦菔羹》：“我昔在田间，寒庖有珍烹。常支折脚鼎，自煮花蔓菁。中年失此味，想象如隔生。谁知南岳老，解作东坡羹。中有芦菔根，尚含晓露清。勿语贵公子，从渠醉膻腥。”

这首诗里有一句话十分关键——“中年失此味，想象如隔生。”一句话把对此羹的热爱表现得淋漓尽致。苏东坡借此羹寄托田园之思，更加增添了几许隐士情怀在里面。果然妙极。在中国，大凡美食，好吃为三等，好看亦好吃为二等，好看好吃有文化为一等。东坡羹不愧为一等美食。

立冬食羹，把皮肤和心灵一同唤醒。

马蹄锅贴

雅到捻此扮俏，俗到烟火缭绕——这就是锅贴。

全国各地，一城一味，很多地方都能吃到锅贴，然而，小城亳州的锅贴与别处不同，它望之诱人、嚼之有趣、不腻不油、回味悠长。

在街边小铺可吃。厚厚的一只平锅，炭火嘶嘶地舔着锅底，锅面刷油，缭绕一片青烟，包好的锅贴码在上面，如旧时工厂下了班的工人，整齐有序，轮番赶往离开了一整天的家。锅贴好吃，全靠油来煨，码在锅里的锅贴若要好吃，需要刷三五次油，吱吱啦啦的油啸，升腾如龙，在平锅上面盘旋几圈，盖过，继续细火来煨，如是再三，锅贴出锅，底部焦黄，酥脆，馅儿爽脆多汁，食之令人胃口大开。

在装修入时的小资店铺也可以吃。条凳摆开，或者是温暖的沙发，两人对坐，叫上一份锅贴，锅贴入红唇，那叫一道风景。小店静谧，最好玩的是锅贴中的马蹄，在女孩口中清脆作响，一盘锅贴，如同马蹄花开遍了那年青春，这是多好的记忆。甚至可以毫不夸张地说，没有锅贴的爱恋是缺憾的，回忆起来，比少了一束玫瑰还要令人惋惜。

雅俗共赏，这是美食的魔力。锅贴勇担重任，一口厚厚的平锅，上面就是一座道场，锅贴中的马蹄清脆，似有禅意，也是别样的经文，食之如念如祷，神圣而自由，马蹄在味蕾上绽放，数人同食，满室飘香，亦是一道风景。

若有人来亳州，让我开一份不得不吃的美味名录给他，一定少不了锅贴。

吃锅贴多好，现在很多人寓意感情好，都说成了“老铁”，吃一份锅贴，感情增进一分，岂不更好；也有很多人把美食家称为“老饕”，邀人吃一份锅贴，显得你会生活、有情趣，印象大好，为自己加分；更有很多人把善解人意的人称为“贴心背心儿”，旅行在外，图的就是个新奇，看别处所未看，吃别处所未吃，锅贴如是。食毕，走进明清街区看市井繁华，胃踏实，心熨帖，神思飞扬。

锅贴酣畅，马蹄声脆，踏过你唇齿的河流，带给你与众不同的别样美味之旅。

秋风栗子香

秋风是个魔术手，把一切植株都撩拨到很快黄了、红了、咧开嘴笑了、成熟了。

九月，正是栗子成熟的季节，这种通身带刺的家伙，让人看上去，不敢启口。真佩服我们的先辈们，怎样发现了栗子的美味。

据传，中国人从商朝就开始食用栗子。遇到了战乱和饥荒年月，贵族躲避到深山，粮草断绝，以为要饿死，心灰意冷之际，看到山间的树上结着毛刺状的果实，敲下来砸开，吃下里面白色的果实，非但没死，反倒十分美味。后来，商人食栗，身强体壮，才知道栗子是好东西。

我一直以为，秋风里是裹挟着能量的。比如，它带给栗子的能量就很大，民间认为，凡是果实，都能够补肾，栗子当然也是。中医讲究“以形补形”，栗子这东西，长得和肾极为相似，在营养价值上，也不输任何一种果实。

“小苏”苏辙到了年迈之际，患有腰腿疼病，长期治疗不好。后来，山间一位老者给他推荐了一种偏方，每天早上食新鲜的栗子十颗，捣碎了煎服，苏辙按照此方服用，果真奏效。知道栗子的养生功效之后，他没有独享，还专门写了一首诗告诉大家：“老去自添腰脚病，山翁服栗旧传方。客来为说晨兴晚，三咽徐收白玉浆。”

白玉浆，好雅致，论起色香，一定胜过我们日常所饮的豆浆。

栗子烧鸡也是好吃食。袁枚在《随园食单》里这样记载：“鸡斩块，用菜油二两炮，加酒一饭碗、秋油一小杯、水一饭碗，煨七分熟；先将栗子煮熟，同笋下之，再煨三分起锅，下糖一撮。”多简单的做法，真佩服古人的文字功底，几十字，把栗子炒鸡描绘得活色生香。

栗子，这种饱含正能量的吃食，宽慰了太多文人墨客的衷肠。比如，陆游给人的印象一直是不得志，且老病秋风的样子。也许正因为身体原因，他也特别爱吃栗子，并写有两首和板栗相关的诗歌，很有趣味。

比如，他在《无题》中这样写道：“齿根浮动欲我衰，山栗炮燔疗食肌。唤起少年京辇梦，和宁门外早朝时。”牙齿也松动了，眼看着我年华将逝，烤几颗栗子据说可以治疗我身体上的病痛。几颗下肚之后，让我想起早年朝中为官时，那时候意气风发，何其壮怀。这就是栗子的作用，让人瞬间滋生美好。

陆游甚至连做梦也不忘食栗子。他在《昼寝梦一客相过若有旧者夷粹可爱既觉作绝句记之》中这样搞笑地写道：“梦中何许得嘉宾，对影胡床岸幅巾。石鼎烹茶火煨栗，主人坦率客情真。”梦中食栗，唇齿留香，估计醒来，嘴角还有栗子的香甜。

一颗栗子从遥远的商朝出发，在唐宋元明清各代人的味蕾上丰盈过，也留下了许多裨益大众的“义举”。明人吴宽在《煮栗粥》诗中写道：“腰痛人言食栗强，齿牙谁信栗尤妨。慢熬细切和新米，即是前人栗粥方。”前人食，今人效，秋风起兮板栗香。

秋糕，栗爽

秋高可以令人气爽，秋糕亦是。

在秋日的小巷内行走，遇见一位做栗子糕的女子，正在门前的石臼内捣碎刚刚煮熟的栗子。栗子是新采下来的，脱壳和栗衣，加水，煮至七八成熟，在石臼内捣碎，加入红糖和糯米粉，一起蒸食，这就是栗子糕最简单的做法。

一石臼栗子，砸得整条巷子都飘着香，枝头的候鸟也不愿迁徙了，歇个脚，闻一闻香，再上路也不迟，恐怕这世界能让候鸟停步的，只有栗子糕了。

栗糕之美，始于宋朝。宋朝人，无论是勾栏瓦舍，还是王公贵族府邸，常常在重阳日做有菱形的栗糕，质糯、栗香、味甜，令人垂涎。

在我看来，秋天就是吃糕点的好时候，好比人们春天宠幸繁花，夏日宠幸莲藕，冬日宠幸蜡梅，秋天宠幸栗糕。一日沾唇，欲罢不能。

清代才子袁枚在《随园食单》里两度提到栗糕：一为“煮栗极烂，以纯糯粉加糖为糕蒸之，上加瓜仁、松子，此重阳小食也”，另一为“新出之栗烂煮之，有松子香。厨人不肯煨烂，故金陵人有终身不知其味者”。他一方面列举了栗糕的做法，另一方面又嘲笑金陵的厨子，不识货，不懂得栗子的真正美味以及丰富的吃法。

栗糕是好的茶点，在这个季节，喝普洱，吃栗糕，简直是绝配。

吃栗糕，最好在老房子的院落里，头顶最好有一株桂树，桂花正隐隐飘香，栗糕在手，轻轻咬上一口，栗子的香铺满整个口腔，如一条华丽的毯子铺满华厅的地板，两三块下肚，喝一小盅普洱茶，解一解新来的甜腻，闻一闻满院子的花香，美极。

人到了一定年龄，格外爱吃踏实的东西。虚飘飘的棉花糖永远是孩子们的座上客，到了青年，喜欢吃花花绿绿的糖果，就连喝酒也是色彩缤纷的鸡尾酒，到了中年，就不一样了。凡事爱事物本来的色彩，建筑与家具也爱它本来的原色，崇尚“素面造”，食物也爱它本来的味道，就像这栗糕，踏实，干香，一口就是一口，宛如做事情一步一个脚印。

一块栗糕，在味蕾上修成正果，凭的是它的真材实料，也是因为它选对了“对口味”的人群。

栗子这种东西，能尊贵也能卑微。旧时，在很多地区缺少主食，就直接以栗子磨粉来当主食吃，或者是直接煮食，大口嚼香，深得人“胃”，当然，更深得人心。足见，栗子是可以居庙堂之高，也能处江湖之远，相看两不厌。

我曾在江南的一处古镇民宿里吃到女主人做的栗糕，她的做法更为时尚。把栗子粉放在各种样子的模具里，可梅，可兰，可竹，可菊，也可卡通，栗糕铺满模具，蒸好以后，上面淋上自己制作的各色奶油，味道鲜美异常。问她怎样想到这种做法，答曰，学自汪曾祺先生的美文。我查阅了一下，汪氏果真写过这样的文字——“京东安市场原来有一家卖西式蛋糕、冰点心的铺子卖奶油栗子粉。栗子粉上浇稀奶油，吃起来很过瘾。当然，价钱是很贵的。这家铺子现在没有了。”

庆幸的是，汪曾祺的遗憾，我们在江南得到了弥补。栗糕之美，代不绝人。这就是美食的驱动力。

想到这里，我想改一个词“秋高气爽”——

秋糕，栗爽。

十月芋香

我一直认为，大多长相丑陋的食材，吃起来都相当美味，比如榴梿，比如土笋，再比如芋头。

芋头这个家伙，看起来就像是传说中的癞头和尚，看起来相貌丑陋，实则可能是得道高僧。

提及得道高僧，的确与芋头有着不解之缘。传说，深山古寺之中居住着一个癞头和尚，常常被其他僧人看不起，因此，吃的都是残羹冷炙，住的是牛棚。但每逢月华如水时候，却不忘就着月光在牛棚诵经。一日，一个投宿的秀才到了这里，恰巧遇到癞头和尚在牛棚诵经，觉得他一定是活佛转世，赶忙去拜，并求癞头和尚指点迷津，为什么自己屡试不中。

癞头和尚这时候正在用干草烧芋头，吃掉半颗芋头后，扔给秀才，说，吃吧。秀才拿起芋头，丝毫不嫌弃癞头和尚脏，分十口把芋头吃掉。癞头和尚问秀才，方才芋头吃了几口？秀才答：十口。癞头和尚笑了，说，那就许你十年职务吧！

后来，秀才高中状元，最终还当上了宰相，整整当了十年。

半颗芋头，十年宰相，何其划算？这是从传奇故事上读到的，早已忘了主人翁的名字，却准确地记住了那半颗残芋的神奇魔力。应该说，癞头和尚对秀才是有“知‘芋’之恩”的。

癞头和尚不愧是活佛转世，他最懂人间烟火，最知道芋头的美味。

翻阅《随园食单》，袁枚也偏爱芋头，对芋头不惜笔墨。

他先写了芋头干的做法：“十月天晴时，取芋子、芋头，晒之极干，放草中，勿使冻伤。春间煮食，有自然之甘。俗人不知。”

好一个“俗人不知”，其实，现如今很多纯朴的乡下人都会做这种芋头干，尤其是在霜降以后，做得更好，味道尤佳。

芋头的做法不止一种。还可以用来煨肉煲汤。袁枚说：“芋性柔腻，入荤入素俱可。或切碎作鸭羹，或用芋子煨肉；可同豆腐加酱油煨，选小芋子入嫩鸡煨汤，妙极。”

袁枚向来用字极简，却不简单，只言片语，让人读来齿颊含香，回味悠长。他还在另一段文字里这样写吃芋头：“芋煨极烂，入白菜心，烹之，加酱水调和，家常菜之最佳者。”一个小小的芋头，如此惹袁枚垂怜，估计在整本《随园食单》也不多见。

芋头的香在于整颗来吃，捣碎了吃更为时髦。西方人喜欢食芋泥，用来塑型，做一些小甜点，可口诱人。据说，福建人也爱吃，并对芋泥赋予了更多的传统文化元素，做成太极图案，美其名曰“太极芋泥”。一听这名字，就让人觉得，有两股芋泥，化作两鱼，在味蕾上爽滑得跳着“芭蕾”。

美哉，芋头！

石斛饮

末伏到了之后，蝉声也逐渐喑哑了，空气里仍有丝丝干燥的气息。清晨起来，突然觉得要喝些什么，望见桌子上摆着的一盆石斛，花开正好，遂想起石斛饮。

石斛被誉为十大仙草之一，多产于安徽霍山，也被称为“铁皮石斛”或“铁皮枫斗”，石斛之所以这样命名，是因为野生石斛最早都是产在崖壁上的石缝里，这些崖壁多是向阳的，石斛喜暖，背阴处无法生长，同时，石斛又对湿度要求极其严格，空气湿度要大于百分之八十。崖壁陡峭，石缝狭窄，这是多紧俏的地界，难怪石斛生得这样珍贵，只因贵乎稀有。

石斛的茎呈现青碧色，段状生长，每一段的交界处长有叶子，花开白色，淡雅清朗，香味扑鼻，总之，是一种看上去就让人很喜欢的草木。石斛，人称“还魂草”，顾名思义，某段时间，感觉自己体力不支、身体虚弱的时候，煮上两三个，能够起到良好的滋补效果。石斛还可以益胃生津，滋阴清热。所以，当下，许多养生饭店还把新鲜的石斛榨汁来喝，名曰“石斛饮”。

石斛榨汁，能够原汁原味地感受石斛的鲜香，有些许的苦，并不明显，有一些植物的微腥，在可承受范围之内，仔细品咂，后味儿甘甜，一杯喝下去，令人神清气爽。

随着石斛的紧俏，现如今，由野生也研制成了人工量产。我去过人工石斛的生产基地，偌大的石块垒在一起，匠人在石壁上凿孔，填土，栽种石斛，并原样模拟石斛的生长环境，这样产出来的石斛，营养价值和药用价值与野生石斛无异，且可避免采摘野生石斛时的危险。

当野生石斛变成高标准的人工养殖，食用“石斛饮”就变得极其简单了。新鲜的石斛，掐掉几条根茎，洗净了，放在榨汁机里榨汁，稍事熬煮，就可以上桌供客人食用了。石斛饮充分保留了植物的原色，看起来和石斛叶子一样青碧可人，喝起来浓稠酣畅，味道很有厚度，在餐前来饮，可以开胃。

我喜欢拿石斛饮配清炒丝瓜尖来下饭。石斛饮用玻璃杯装着，丝瓜尖用白瓷碟放着，一碗白米饭，粒粒晶莹剔透，倔强而立，慢慢咀嚼，能够感受稻谷带给我们的原香；清炒丝瓜尖，可以感受丝瓜在舌尖上攀爬的生命力；一杯石斛饮，让您口舌生津，如果是在早秋来饮，一整个午后都不用担心口渴和难耐的秋燥了！

时光深处的精致小食

俗世原本已够粗糙，岁月是需要一些精致的。

一个能把厨房收拾得光鲜亮丽的男人是有魅力的男人，一个能做得一手好菜的男人势必更加抢手。我认识一位“海归”，潇洒帅气，没事的时候，总爱邀三五知己，到他的花园品茶，还喜欢捣鼓一些精致小食，样样撩人胃口。

“海归”常常做的小食中，有一款深得人心。他把豆腐用心形的模具切出样子，然后把鸡蛋打碎，少一些蛋黄，多一些蛋清，搅匀了，浸润到嫩豆腐中，约半小时后，上锅蒸约40分钟，出锅，摆在白瓷碟心的一角，在浸润了蛋清的豆腐上淋上一层黄色的果酱，蔓延至整个碟心。然后，把事先研碎的石斛末撒在豆腐上，上面竖起一粒草莓，有山巅一点红的画龙点睛作用，再次上锅蒸上十分钟，出锅，一款精致的石斛豆腐就隆重登场了。

我格外爱吃这款石斛豆腐，石斛鲜美，豆腐嫩脆，果酱香甜，可以佐茶，也可以作为午后点心，吃起来优雅俏皮，是一款品相与味道都很棒的小食。

还有一些小食也让人提起来就竖起大拇指。

比如，丝瓜尖抱虫草花，鲜嫩的丝瓜尖，焯水后，稍事调拌，与虫草花一起“打捆”，做成圆柱状，两捆放在一起，分落于碟子两段，中间用胡萝卜刻出一只凤凰，有草窝里飞出金凤凰之意。丝瓜尖青，虫草花黄，丝瓜尖是一棵丝瓜上生命力最旺盛、富含营养元素最多的部位，虫草花的滋补功能尽人皆知，两者搭配在一起，青碧，金黄，不光有视觉美感，吃起来，爽口清脆，也是一款不可多得的小食。

还有一些小食，用材比较出新，能够在名称上给人以与众不同之感，吃起来也较为养生。比如，芡实红枣，红枣去核，与蜂蜜同蒸十分钟，芡实切成瓣儿状，再次与红枣蒸熟，淋上果酱，就可以装盘了，这款小食有一个美丽浪漫的名字——“前世（芡实）红颜（红枣）”，一听就是有故事的小食。这样的小食，滋补养颜，深得年轻人喜爱，尤其是女性，吃上一小碟，在秋日的午后喝上一杯金骏眉，眉间洋溢着俊俏的诗意。

小食很小，却蕴含大能量。这样一些小食，在一个下午茶的时光，往往可以“喧宾夺主”，在我们与朋友举行 Party 的时候，增加一抹跳色，温馨别致，让尊享这些小食的你的朋友们都能感觉到，你是一个有情趣的人，眼前的世界瞬间开阔幽深，交际的圈子立马繁花着锦。

食酱记

夏天一到，外面蝉声聒噪，许多人都捂耳在树荫下酣睡，外婆却舍不得睡，对于掌管一家人餐桌的重要人物，外婆的任务是为下半年的餐桌张罗。她用竹竿够一些香椿叶或核桃叶，准备十斤黄豆，好像在张罗一项“大工程”，没错，她要做一家人都爱吃的黄豆酱。

黄豆，这种在中华大地上种植超过五千年的粮食作物，多少年来，和人类结下了深厚的友谊，除了豆面、豆腐、豆油之外，黄豆酱也是它华丽转身之后的成功存在方式。

外婆是村子里制作黄豆酱的高手，用现在的话来说，她做的是酱，实际上，也是有“匠人风范”的。我小时候在外婆家长大，所以至今记得她做黄豆酱的所有程序，非常娴熟：当季刚刚收获的黄豆，淘洗干净后，在沸水中煮熟，捞出来，沥干水分，拌上面粉，摊放在锅盖上，这种锅盖一般是用高粱秸做成，有很强的透气性，便于黄豆发酵。况且，外婆认为，高粱秸和黄豆都来自同一片土地，它们亲着呢，容易“团结”。

锅盖上之前，还要事先放一些香椿树的叶子来垫底，拌了面的黄豆置于背阴处，上面盖上干净的纱布，过了三天左右，黄豆上形成了一层白色的长长的毛絮状物，这些白毛絮也就是对人体有益的米曲霉。为了最大限度和空气中的氧气接触，生了米曲霉的黄豆需要立即翻搅一遍，然后，继续放在背阴处，等豆子外长了一层黄绿色的菌丝之后，拿到毒辣辣的太阳底下稍事晾晒，直至豆子变得干爽，酱豆的原料基本准备就绪了。

外公早年是个烧制陶坛子的匠人，家里从来不少盛放酱豆的干净坛子，外婆把这些外面满是黄绿色霉的豆子放到坛子里，采下一些花椒叶，剁一些生姜片，准备半斤酒，二两白糖，再削半个西瓜，剁成块状，盐巴适量。根据个人口味，也可以放一些青辣椒和红辣椒，一起放到坛子里，搅拌后，用塑料薄膜封上坛子，外面糊上一层泥巴，把坛子搬到院落里向阳的高处，发酵半个月左右，黄豆酱就做成了。

清晨的时候，准备一只干净的勺子，轻轻打开坛子，一股酱香扑面而来。舀出来两勺子，淋上麻油，立即就可以食用。咖啡色的酱，红色的辣椒，青色的花椒叶，黄色的姜片，单纯从色彩上就让人很有食欲。当然，也可以和藕丁、花生一起炒食，非常开胃，是佐餐的佳肴。

黄豆酱，在皖北被称为“酱豆”。在时蔬尚少的年代，酱豆就是皖北人餐桌上的主要菜肴，因其开胃，配合馒头来吃，很轻松就吃下两三个馒头，仍让人意犹未尽。这是最简单的吃法，也可以用大葱蘸酱来吃，一口葱蘸酱，半个馒头瞬间下肚，味道上就更增加了一重厚度。皖北田野里的粗壮汉子尤其好这口，吃下大葱蘸酱，格外长力气，所以，皖北大地被誉为“中原粮仓”，这里的五谷丰登，少不了酱豆的功劳。

据了解，先秦时候，皖北人就懂得制作酱豆。那时候，酱还被写成“醢”。我们的祖先认为，主食是餐桌上的元帅，醢是餐桌上的大将，为了突出醢的重要性，就把“醢”改成了

“酱”。宋人陶谷《清异录》中称：“酱，八珍主人也；醋，食总管也。”这又把“酱”提到了另一个高度。

黄豆酱，现如今在各大超市是热销食品，但我最爱吃的还是外婆做的酱，吃着让人心里格外熨帖。外婆已年逾古稀，患有轻度的老年帕金森病症，常常手抖，但她做酱的时候，手一点儿也不抖。外婆说，她做了一辈子酱，做酱是她最有把握的事，做酱的时候她也最静心，这样专注和熟稔，干吗要手抖。外婆说这话的时候，总是笑着，她的皮肤在这片天地的光阴里，越来越像黄豆酱的色泽。

霜降，且饮一杯黄

犹记得去年明清老街的一家小馆，灯火昏黄，我和老刘每人干掉二斤黄酒，然后醉醺醺地走街串巷，把先前没有逛过的旧街巷都走了个遍。那天月光真好，街貌甚至都可以看得清楚，幽深的巷子，一家家古代会馆，一对对石鼓，一副副石杵，让人看出爱怜的意思来。借着酒意，我扶着糖业公所门前的拴马环说，刘君，看这是我的手镯。语毕，向前走，没走掉，骂了一声，谁拽我，仔细一看，手腕还别在拴马环里，人一醉，人仰马翻。回去以后，吐得厉害，可惜了那一坛十年的花雕。

自从那天以后，我知道，黄酒不是这个喝法。黄酒养生，古人是用来小酌的，不是用海碗来吃，更不可牛饮。不然，浪费不说，徒增身体上的烦恼。据说，当年著名出版人章锡琛在一家书店设酒局，非五斤以上不可入围自己的小圈子。鄙人酒量小，若生在那个年代，真不敢苟同，文人雅集，酒是兴头，但不能全赖酒。不然，就由兴味盎然变成扫兴涂地。

同样是章姓的先生，章太炎的认识就深多了。有一年秋天，其门生黄侃把酒持蟹，登高赏菊，大醉，后吐血半盂，一命呜呼。章太炎感慨：“断送一生唯有酒。”

酒这玩意儿，是把液体的利剑。驾驭它，可以御敌，耍起来，可以愉情；若是被它驾驭，要么你变得“瘀青”，要么就断了“余情”。当然，黄酒被誉为“液体蛋糕”，度数不高，不太容易醉，但架不住多，尽管这把剑的锋刃不利，多饮，变成了“钝器”，肯定更伤人。

我能想到的黄酒，应该是充满雅兴的。可以把酒临风，诗酒唱和，对酒当歌，即便是孔乙己这样的穷酸文人，也知道温一碗黄酒，叫上一碟子茴香豆，微醺之后，做着与小尼姑私会的春梦。

黄酒纯粹，喝黄酒的人也应该纯粹些，不能学孔乙己，最终只能成为悲剧角色。清代才子袁枚在《随园食单·茶酒单》中说：“绍兴酒，如清官廉吏，不参一毫假，而其味方真。又如名士耆英，长留人间，阅尽世故，而其质愈厚。故绍兴酒，超过五年者不可饮，参水者亦不能过五年。余常称绍兴为名士，烧酒为光棍。”这比喻倒是十分俏皮，黄酒是清官廉吏，也是名士，儒雅的黄，酣畅的甜，满腹的经纶都藏在酒香之中，雅怀满满，不似烧酒，辣，粗犷，像是经年的老光棍儿！

眼看着就是霜降了，空气里都是冷冽的消息。餐桌是一个大戏台，黄酒的戏份就越发足了，但黄酒并不骄矜，它的内心是清爽的，不骄不躁，饮者也不渴不闷，诚如《调鼎集》中所言：“像天下酒，有灰者甚多，饮之令人发渴，而绍酒独无，天下酒甜者居多，饮之令人体中满闷，而绍酒之性芳香醇烈，走而不守，故嗜之者为上品，非私评也。”

好一个“走而不守”，让人想起曹操的“气出唱”，好酒如琼浆，丝丝缕缕在人体内游走，七碗生风，一杯忘世，霜降了，且饮一杯黄。

铜关粉皮

那时候，涡河之水还很浩大，东岸有一处幽静的村子，村子里住着一位隐士。谁也不知道他是哪一年来到这个村子的。只知道他一直着灰衣，茹素，没有妻儿。

隐士身怀绝技，善耍大刀，平日里谁若有个难处，他一定第一时间慷慨解囊。四邻都很喜欢他，没事的时候，喜欢去隐士幽居的树林看他耍刀。

这位隐士也没有什么别的爱好，除了耍刀，平日里只喜静坐。到了饭点儿，夏天最爱吃绿豆汤，冬天最爱吃绿豆丸子，总之，他始终认为绿豆能带给自己好运。

有一年，隐士患了一种病，浑身乏力，水米不进，周边的村民都急了，帮着寻了许多郎中，一个个都摇头而返。眼看着一个星期就要过去，隐士气若游丝，在门前的竹床上软成了一摊泥，他是在等死。

太阳从这边的涡河里升起来，又从那边的涡河里落下去。隐士还有最后一口气，这时候，不知道从哪里吹来一阵风，树叶窸窸窣窣作响，隐士竟然沉沉睡去。

隐士不知道自己是死是活，只知道自己做了个梦。梦里，一个长着卧蚕眉的美髯公邀他走进一间屋子。室内烧着一锅开水。美髯公从口袋里掏出二斤绿豆，运掌如风，那绿豆瞬间化成了粉末，化成雪白的糊糊，上锅一蒸，成了薄如蝉翼的一张粉皮，冷却后，麻油调拌，美髯公给隐士端了一碗，隐士吃了，味道极其鲜美，俨然仙食。

涡河边的树林里越发静谧，隐士一个激灵从床上坐起来。不知道哪来的力量，起身走向厨房，按照方才梦中美髯公的方法来制粉，烧水，烹食，味道竟然与梦中毫无二致。

翌日，人们看到隐士“劫后重生”，甚为讶异，忙问何故。隐士把昨夜梦中所遇讲述一遍。众人听后，皆行跪拜，说，关老爷救了你呀！

隐士恍然大悟，长着卧蚕眉的美髯公可不就是关公吗？这日，隐士把自己做的粉皮分与众人，众人食毕，皆竖起大拇指叫好。吃了早饭，他们共同捐资，在隐士所居住的树林旁奠基，打算修建一座关帝庙。关帝庙用时九九八十一天修建完毕，内塑关公铜像，一侧立着铁须银齿，黑邱朱唇的周仓，扛着青龙偃月刀；一侧立有书生模样，手持大印的关平。

后来，这座村子被人称为“铜关帝庙村”，村子里的人以生产粉皮为生，所产粉皮透明似水晶，薄如蝉翼，食之清爽可口，食后，神清气爽，身康体健。

再后来，到了1355年，小明王韩林儿到了亳州，在北关建起了一座明王宫，富丽堂皇，四方英雄皆来归顺。这一年，有一男子衣衫褴褛，乘船漂流到铜关帝庙村，饿得皮包骨头，奄奄一息，被村民发现，用鸡汤炖了粉皮来喂他，终于救了过来。细问方知，这人系凤阳籍人士，前来投靠韩林儿，名唤“朱重八”，后来果真被韩林儿重用，封为左副帅。再后来，这位朱重八建立了中国历史上一个重要王朝——大明王朝。没错，他就是朱元璋。

朱元璋做了皇帝后，日思夜想当初在铜关帝庙村吃过的粉皮，命人去寻，后来，铜关帝庙村的粉皮被当成贡品进贡给他。

时光流逝，铜关帝庙村因为曾经和“关帝”和“洪武皇帝”均有关联，索性改为“铜关村”。村名虽易，粉皮不改，直至如今，这个村子里仍在制作粉皮，众人称之为“铜关粉皮”。许多人到亳州，都要吃一份铜关粉皮，去大关帝庙花戏楼去膜拜一番，如此，算是得了关老爷的福泽了。

铜火锅

一只铜火锅，简直就是一座小小的江山。火锅呈山状，内壁煮有江河湖泊，炭火冒着融融热气，多好的人间烟火，一帮人围拢而坐，举箸涮肉或者青菜，美味纷纷，似乎在印证这是一项“全人类”共同的酿造。

很多人对火锅没有免疫力，实因铜火锅圆圆的，一遭人等坐下来，没有高下尊卑之分，你也涮，我也涮，爱几分熟就几分熟，其乐融融。一个个吃着美味，内心自然放下了刀戈，稀释了功利，且吃吃，且逞口腹之快，吃饱喝足，有心力闯荡自己的事业。

我问过做铜器的匠人，铜火锅为什么好？匠人告诉我，真正的铜火锅应该是紫铜，纯度高，能够补充人体所需的微量元素，还能解毒。因此，很多患有癣疾的病人，他都建议用铜盆洗脸，常常使用，癣疾渐渐退去。

现代人越来越注重养生，也越来越懂得返璞归真。火锅的历史可以追溯到魏晋时期。据传，发明火锅的是魏武帝曹操，这样一位英武的军事家，豪气干云，最懂得对酒当歌，游宴而赋。行军打仗途中，釜破了，他就用一只鼎来煮肉，这就是火锅的最早来源。铜火锅的内膛里，放着的是木炭，这种纯天然的燃料，似乎又最能接近人们刀耕火种的生活方式，肉无须腌制，直接刨成肉片涮食，最好的汤是清汤，最经典的酱是麻汁酱，都是来自大地上的食材，绝对的零添加，食之，妙不可言。

有人做过统计，在早期的香港电影中，表现侠义恩仇的聚餐，一般都是吃火锅。一帮人在一起吃得尽兴，嘶嘶溜溜地大口嚼肉，有时候，小的矛盾直接在一顿饭里涣然冰释，尽释前嫌，这就是火锅在美食以外的延伸意义。

火锅是一年四季都可以吃的饮食方式。今年入伏的时候，在天津海河上看完落日和各色桥梁，返程的时候，在一处小巷看到室外大排档，主营火锅，三两人坐下来，那刨肉，那腰花，那茼蒿，那鲜虾，真是好滋味来得正是时候。头上是一冠银杏，脚底是晚间的清风，筷子夹的是大块的肉片，火锅里时不时有点点火星冒出来，借着微醺的酒意，我还以为自己是看到了满天繁星。

我还曾见过一家四口自驾游，后备厢里除了放着帐篷，还放的铜火锅和木炭，走到哪里，饿了馋了，铺开地垫，火生起来，就吃火锅，满天的星光，莹莹的炭火，一家人喜乐无边。

火锅之“火”，是好彩头。做生意的，做演员的，做旅游的……都喜欢火，铜火锅就更好了。“同火”，一起火！

捺丸子

“捺”这个字，是一个动词，从造字的结构来看，很明了。捺＝手＋穴＋瓜。我们很狡黠地揣测一下古人的用意：用手把宝藏瓜分——这或许是考古学的命题，也符合历代文人小说中对宝藏的探寻之痴迷，总之，就是“瓜分”美好的事物。

丸子，是很具中国意味的词。中国人凡事喜欢讨个好彩头，圆形的东西被寓意为团团圆圆，而节日的一顿饭，多半又被誉为团圆饭。团圆饭又怎能少得了丸子呢？

捺丸子，是亳州的传统饮食习俗。多被用来称呼吃喜宴。喜宴中，有一道必不可少的菜肴：焦丸子。吃起来焦而香，汤色诱人，再配以菠菜等绿叶青菜相佐，味道上又多了一重解腻的清爽。

捺丸子在皖北，尤其是在亳州由来已久，也可以说是大有来头。菜肴飘香，追溯到建安七年，那一年，曹操志得意满，前几年擒杀吕布，最近又刚刚大败袁绍，官渡之战又取得大捷，曹操决定回乡祭祖。祭祖之后，在自己府邸的南侧一公里处有一片开敞的空地，名曰“八角台”，与自己儿时的玩伴歃血为盟，行八拜之交，也就是所谓的“拜把兄弟”，后人又把此地称为“拜交台”。拜完把兄弟，众人立志为匡扶汉室殚精竭虑、肝脑涂地之后，举杯大宴家乡父老。足足十亩地见方的空地上，摆满了桌椅。按理说汉末还是分餐制，但曹操觉得当下环境血酒都饮了，何必拘泥于分餐，于是，每八个人为一桌，请来厨师烹饪菜肴。

曹操在八角台上举杯高呼：“父老乡亲们，今天，我请大家吃丸子。”

然后，事先烹饪好的菜肴挨个上桌，每个桌子上都上了一样的菜，最后一道是焦丸子汤。

焦丸子汤上来之后，曹操再次举杯说：“大家且举杯，满饮此杯之后，我们来搲丸子，预祝大家家庭美满团圆……”语毕，一饮而尽，开怀大笑，众人皆拜司空大人，曹操赶紧上前搀扶。此时，八角台上阳光明媚，周遭庄稼长势喜人，曹操喜出望外，宴毕，带领刚刚结拜的把兄弟们就出发了，这一年秋天，曹操大败袁绍残部青州兵，势力进一步扩大，不久，被封为丞相。

后来，此事由曹植撰文，钟繇手书，刻“大飨碑”一块，铭文曰：“……大飨六军，爰及谯县父老男女……”竖于曹操故里，今此碑已经佚失，但“搲丸子”的风俗却被沿袭下来。

此后，这里的人们每逢喜事，都效仿曹操八角台上的餐饮习俗，围桌而食。餐桌上必不可少的菜肴就是焦丸子汤。后来，人们习惯上把吃喜宴称为“搲丸子”。

如今，走在曹操故里亳州大街小巷、城市乡村，见一人笑容可掬，手中拎着礼物，优哉游哉而行，多半是去“搲丸子”。然后，吃得红光满面而返，这就是一桌美食带给人的“喜上加喜”的幸福感。

曹操被誉为“改造文章的祖师”，其实，他更是“改造餐饮的祖师”，七八人围桌而饮，举起勺子共享一道美味，吃出了美满、团圆，更吃出了豪气干云和齐心协力。可想，曹操之所以可以登上一人之下万人之上的地位，与其不惜打破规矩，不落窠臼，善于创新创造，是分不开的。

喜气盈盈吃肉圆

中国人向来是喜欢吃肉圆的。

原因有二：一是中国人向来喜欢讨好彩头，肉圆中的“圆”字有“团圆”和“圆满”之意，所以，大小喜宴、家宴都喜欢蒸制肉圆，以示庆祝；二是中华文化向来喜欢接纳外物，融汇百家文化于一炉，最后自成风格，好比烧制一件精美的瓷器的过程。

肉圆，是最具人间烟火的吃食。尽管古代文人认为“肉食者鄙”，那是在物质生活贫瘠的古代，放到如今，真正的富人反倒不喜欢“大口嚼肉”了，即便是嚼，也喜欢变着花样来吃，比如，做成肉圆。

肉圆的做法南北各异。袁枚在《随园食单》里总共记载了两种肉圆，一是八宝肉圆，做法如下——

猪肉精、肥各半，斩成细酱，用松仁、得香蕈、笋尖、荸荠、瓜姜之类斩成细酱，加纤粉和捏成团，放入盘中，加甜酒、秋油蒸之。入口松脆。

应该说，这种做法，一般家庭主妇都可以为之。即便是在炎炎夏日，做这样几个肉圆，在家里吃，佐以米饭来吃，很开胃，也很美味。

直觉告诉我，每个会做八宝肉圆的人一定是很懂生活，也一定是个性格温柔的人。你想，做八宝肉圆的步骤多复杂，挑选猪肉，剁肉，选松仁要跑一趟干货市场，笋尖、荸荠之类的时令蔬菜还要瞅准时机。整个制作过程，精细繁复，火暴脾气是肯定做不了这么精致的菜肴的，所以说，做美食家，心境也相当重要。

二是“杨公团”：“杨明府作肉圆大如茶杯，细腻绝伦，汤尤鲜洁，入口如酥。大概去筋去节，斩之极细。”这个就大了，应该是传说中的“铁狮子头”了，大的肉圆，对做法极其考究，更要注意肉馅和别的食材的“抱团”。不然，蒸出来，只会是一团散渣，吃起来，味道寡淡，“团圆”之意全无，谁还愿意去吃呢？

犹记得小时候，每每去吃喜宴，我最爱吃的就是这种铁狮子头。在皖北，小颗的肉圆一般被称为“丸子”，大颗的肉圆才被称为“圆子”。当然，若遇喜事，上的四个圆子，则称之为“四喜丸子”。这样的丸子，加入了清水马蹄，有的还放入香菇、糯米，吃起来爽脆无比，软糯中透着肉香，我一次能吃下一颗，有很强的饱腹感，吃得很满足。

皖北人认为，吃丸子有“完成”之意，特别是喜宴的时候，有父母卸下心头大任的意思，也是寓意圆满，儿女成家，可不就是“完成任务”了吗，心情轻松无比，喜气盈门，做四颗丸子，寓意四季如意，多好的彩头。

足见，吃食，享受的不光是美味，更多的是一个地域的文化特色和风俗习惯，这是美食带给我们味觉以外的另一种延伸意义。

仙人有掌打秋燥

秋燥是最难耐的，被誉为“秋老虎”。秋天的热，中间带着潮湿的黏腻感，远不如夏日的热来得直接，来得爽利。夏天的热，出一场透汗，在树荫里躲一会，立马可解。秋燥就不一样了，无处躲藏，到哪里，都禁不住心慌，禁不住压抑烦闷。

秋燥难解，比秋天的愁绪还要难以稀释。当然，这只是一般人这样认为。我喜欢在秋燥汹汹的时候，给口腹一场冰爽的“旅行”。

吃点什么呢？一般的吃食肯定无法消解秋燥，但仙人掌可以。

仙人掌这种刺刺的东西可以吃？没错，在我的家乡，仙人掌多为食用，常被人拿来做各种美味佳肴。最简单的就是凉拌仙人掌，这可是秋天餐桌上的尤物。

仙人掌去皮以后，切条，在盐水里泡上十几分钟，捞出来，在漏勺里沥干水分后，与虫草花一起调拌，盐巴、醋、白糖，也可以撒上一些黑芝麻，仙人掌如翡翠一样绿莹莹的，看起来就让人垂涎欲滴，虫草花金黄色，脆生生的，吃起来，非常爽口。

也有一种比较年轻的吃法，就是不放白糖，也不放虫草花，直接放上菠萝丝，这样调拌，吃起来还有一股菠萝的香甜，完全掩盖了仙人掌青涩的味道。两种吃法，各有千秋，总体看来，都能很好地消解秋燥，一盘吃下来，整个人都打了个激灵，秋燥不见，秋困也逃之夭夭。

颜色这种东西真是奇怪，黄色给人温暖，红色给人躁动，绿色总给人冷静和希望。仙人掌的绿，给人的感觉能浸润骨髓，用它来做出的美味，还未入口，就有很强的提前认同感和说服力。

犹记得母亲喜欢用仙人掌来做面条。仙人掌榨汁，那时候还没有榨汁机，去了皮的仙人掌，被母亲装在纱布兜里，碾压之后的汁水用来和面，擀成手擀面，炒好两三只鸡蛋，金灿灿的，用来下锅，仙人掌绿，鸡蛋花黄，这是一碗很有颜值的面条，吃上两碗，额头微微冒汗，秋燥也被赶得无影无踪了。

秋天，是仙人掌最丰腴成熟的季节，它的诞生，似乎就是为了抵抗秋燥的。

仙人掌的生命力十分顽强，小时候就知道，随便掰碎一块仙人掌，插在土盆里就能成活，一两个月不浇水也完全不成问题。食用仙人掌多是从墨西哥引进过来的，在中国进行了改良，成了养生保健时蔬。它有极强的药用价值，且药食两用，翻开药典，它能“行气活血，清热解毒，治心胃气痛，痞块，痢疾，痔血，咳嗽，喉痛，肺痈，乳痈，疔疮，汤火伤，蛇伤”，总结起来，也无非是清热解毒。

仙人掌是专门跟秋燥对着干的，难怪现如今，还有许多老辈人说：“仙人有掌，打得秋燥无处藏。”

小家碧玉酸菜鱼

几乎有华人的地方，都能吃到酸菜鱼。

酸菜鱼起源于重庆，属于川味百肴中的“小家碧玉”。当然，这道菜，也最适合女子来做，挽起袖管，玉腕轻挥，嚓嚓嚓，烟火氤氲，满室生香。酸菜鱼这种最家常也最下饭的美味，食材易得，性价比高，是“出镜率”最高的明星菜品。饕客之间广泛流传，但对于酸菜鱼，一千个人有一千种做法，味道上也千差万别。讨巧的是，只要做得差不多，基本上都能赢得宾客的赞美。

家里来了亲朋好友，到菜市场去，买最新鲜的活鱼，最好是黑鱼或草鱼，草鱼味道鲜美，黑鱼味道醇厚多脂，各有各的优点。把鱼买回来宰杀去鳞，扒去内脏，洗净鱼头，就到了考验刀工的时刻，沿着脊骨两侧把鱼肉取下，刀倾斜45度角，片出蝴蝶片，两刀断一次，一刀刀地从鱼身上“请”下来，这感觉像是在请神灵，码在盘子里，撒上胡椒淀粉，适量料酒，搅拌均匀，放在盘子内腌制。在我们当地，习惯上把这一过程称为“醒”着，也就是让作料和鱼肉充分融合。

然后，温油到100摄氏度以上，把袋装的酸菜倒进热油内翻炒，直至酸菜的香味完全散发出来，加水，煮沸，把鱼头一切两半，放到酸汤内煮上十分钟。这时候再把先前的鱼片拌上蛋清，倒入酸汤内煮上五分钟左右，直到鱼约莫八成熟。酸菜的鲜、鱼的香基本上在整个厨房漫游了。这时候，去汤，仅保留三分之一左右的汤，装盘，尽量让鱼片处在盘子上方。

出锅后，拍点蒜末放上去。新启用一口干净的小锅，倒入植物油，煮沸后，关火，撒上芝麻，然后把热油浇在装盘的酸菜鱼上，酸爽、香鲜打起滚儿挑逗你的味蕾，这道酸菜鱼就算基本做成了。

酸菜鱼在盘子里盈盈地冒着热气，只是色感稍微单调一些，小香葱（或红辣椒）恰恰可以弥补缺憾，切几根小香葱花，加一些香菜，撒在上面，“打完收工”。

我的朋友老郭是一位家常菜高手，以上的酸菜鱼做法是他教给我的。我学会以后，多次拿出来在造访的客人面前显摆，屡试不爽，满桌菜肴之中，酸菜鱼总能“横刀立马”，把所有人都“拿下”。

鱼类的营养丰富，且最得天地灵气。有文人曾把水域称为“云根”，云朵终日浸润在其中，单单从境界上，就胜出别处一大截。青天倒映湖面，鱼终日从云朵里穿过，这境界哪是一般动物可以比拟？湖面沉入地面，深接地气，藻类茂盛，水草摇曳，难怪营养如此丰富。

吃鱼，似乎是这个世界上最优雅的事情。雪白的鱼片，小口咂摸，慢慢吐刺，细细品味，吃得不紧不慢，风月静止。酸菜鱼这种美味，举箸之间，让食客尽显风雅。酸菜这种让人食量大增的作料，和鱼“联姻”以后，增强了鱼肉的疏松感，让鱼肉以更适合口腔的疏密度融洽地被咀嚼，回味悠长。鱼片吃完了，还可以把煮好的汤面下到酸菜鱼的汤中，捞而食之。这样的美味要一网打尽，不可“暴殄天物”，一份酸菜鱼，菜也美味，面也美味，真让人百吃不厌！

义门熏牛肉

一道美食的诞生，多半承载着一地风物，凝结着一个地方的人文意义，义门熏牛肉也不例外。

义门，位于安徽省涡阳县义门镇，古称“仪门”，即迎接天子之门，天子是谁？大中祥符七年（1014），宋真宗到涡阳去拜谒老子，亳州知州在这里迎接他，后来就这样称呼下来，直至晚晴，为了避末代皇帝溥仪的名讳，“仪门”被改成了“义门”，沿用至今。

义门镇自古五谷丰登，土地肥沃，名人辈出。东汉时期的著名孝子韩伯愈就出生在此地，“伯愈泣杖”的典故大家都知道，被尊为“二十四孝”之一。如今，义门镇还有“泣杖祠”。韩伯愈何其孝顺，母亲爱吃牛肉，韩伯愈就千方百计帮母亲买来鲜牛肉，卤煮、烹炸，用烧饼夹着牛肉来吃，香味诱人，母亲久吃不厌。古时，又没有冰箱，牛肉的储存很成问题，韩伯愈经过多次实验，就研制了熏牛肉。

应该说，韩伯愈研制熏牛肉颇费了一番工夫。新买来的牛肉十斤，必须是牛腱肉，用盐巴和茴香粉来腌制，浇上卤水，放入缸中，腌料均匀地涂抹在上面，一层层码好，为了不让肉块发酵变质，还需要隔三岔五“倒缸”，也就是上下翻动。这样，腌制的味道均匀，味道鲜美。有时候为了让肉质松软，还需要拿出肉块在树身上摔打，直至水分被甩干得差不多，肉质也松软了，方才放到缸内，用木炭来熏，熏好的牛肉易于储藏，可随时拿出来煮食。

煮食牛肉需要用地道药材，韩伯愈自知这里自古就是药都，药材从来不缺，许多名贵的药材，比如桂皮、丁香、草果、八角、生姜、花椒等按比例放入沸水，煮熟后，滤去水分，过油来烹炸，即可食用。这样做出来的牛肉肉质细腻，香味浓郁，入口易嚼，壮嘴，松脆，且有补中益气、滋养脾胃、强健筋骨、化痰息风、止渴止涎等养生保健功效。韩伯愈常常做给母亲吃，以博得母亲欢心。

其实，义门镇自古属于亳州，在东汉时期，牛是主要的劳动力，是一家一户的宝，自古有“立春不鞭牛”之说，立春之后，就不能用鞭子来驱赶牛了，何况宰杀烹食？足见，孝顺的力量之大。

后来，义门镇多有孝子出现，他们也争相为母亲做这种熏牛肉，会不会做熏牛肉成了孝子与否的标准之一。于是，熏牛肉的做法逐渐传承下来，直至如今，成了义门镇乃至闻名全国的美食名片。

孝，是人间最可口的美味，香飘神州，沿袭千年，不绝如缕。一份义门熏牛肉，吃出浓浓的中华传统美德。

鱼腥草的滋味

鱼腥草，是鱼的铁杆崇拜者吗？不然，怎会生为草身，却有一股鱼腥气息？

这种一年四季都可以见到的植物，多生长在潮湿的洼地上。唐代人苏颂说："生湿地，山谷阴处亦能蔓生，叶如荞麦而肥，茎紫赤色，江左人好生食，关中谓之菹菜，叶有腥气，故俗称：鱼腥草。"鱼腥草的叶子青绿色，乍一看像我们家里栽种的绿萝，它的根茎内却呈现出儒雅的象牙白，在夏末秋初割下来，最宜做成美味佳肴。

我曾在古徽州的民宿里看老板做调拌鱼腥草，简单可口。他把鱼腥草的根茎择干净，切成段，与青椒丝一起调拌，放上一勺醋，盐巴少许，麻油半勺，吃起来极其鲜美。鱼腥草的腥气如雨后泥土的清香，有一种面朝田园万亩青碧的感觉。

鱼腥草那么美，怎会只有一种吃法？小时候，邻居一位做厨师的叔叔喜欢做鱼腥草肉丸。雨后，邻居叔叔带着我们到河边去挖鱼腥草，新鲜的鱼腥草带着泥土的气息，被连根拔起来，放在竹篮子里，直接在河水中淘洗干净，回来再用井水冲洗一遍，肉丸打碎，鱼腥草剁成末，一起拌上作料，汆水，做成肉丸，蒸食，勾芡，撒上小香葱，吃起来肉香四溢，鱼腥草的气息中和了肉的油腻，一颗肉丸吃下去，犹如鱼子在唇齿之间破碎，鲜美异常。印象中，那是我小时候吃过的最美味的菜肴之一。

鱼腥草在魏晋时期开始入药，它的滋味里有一种微微的苦，这种苦最能败火气，用它来熬汤又能解毒。据传，当年华佗到处行医采药，被蛇咬伤的时候，就用鱼腥草来解毒。鱼腥草小小，功效巨大，还能治疗肺炎和鼻炎，可谓食药两用的佳品。

鱼腥草可以补身，提高人体免疫力，亦可补心。越王勾践当年卧薪尝胆之时，处于极端恶劣的环境，勾践曾专门带人挖鱼腥草而食。那时候，鱼腥草有个非常古典的名字，叫“蕺菜”，“蕺”这个字很有意思，草字头，身下却藏着“刀戈”，给人一种时刻准备东山再起的感觉。所以，在一定程度上，鱼腥草也算果腹勾践，帮助他成就了日后的霸业。

鱼腥草的滋味裹挟着浓浓的历史感而来，始终以清新扑面的气息，为我们果腹、疗疾、励志，也算得上是一种有情有义有担当的野菜。

重阳小食

秋高气爽，天空越发高远，白云扎堆畅游穹窿时，重阳就要到了。重阳一到，露珠清澈且重，清晨起来，不穿外套是不敢出门了。这样的时节，天气的凉需要食物带给我们的能量来补给，好在重阳是沐浴在秋风里，天地万物都颗粒饱满，我们所遇到的食材，都处在它们最好的状态。就等着味蕾与佳肴在最好的年华谈一场幸福的“恋爱”了。

重阳节吃什么？民间还真有不少说法，最普遍的一点是喝菊花酒。

白酒多烈呀，而重阳节时，天气又不是十分地寒冷，不宜喝过烈的酒，先辈们就在酿酒的时候加入了菊花，这样一来，菊花可解酒中的燥气，喝起来平和温婉。很多老年人也格外爱饮此酒，在秋深处，黄叶纷纷飘落，一杯菊花酒让天地万物都有了幻彩。

还有一种说法是吃羊肉面。羊肉是暖性食物，面则比较温和，稍稍加一些青菜，一份面里就有了鲜明的气息。这个季节吃上一碗羊肉面，是给即将到来的严寒积攒一些“家底”，即便有突然造访的北风凛冽在前，也丝毫不用担心了。所以，什么时候吃哪些吃食，是人类的选择，也是气候的安排。在皖北，可吃的面就多了，比如羊肉板面，也算是羊肉面的一种，只不过面条被压成宽宽的一条，很筋道，切成块儿的羊肉则被辣椒油浸润翻炒，与烫好的青菜一起撒在面上，肉香浓郁，面条爽滑有嚼劲儿。这样的美味，和这个秋天的风景都搭配得恰到好处。

也适合品茶，绿茶可以，但我本人偏好普洱，最好是陈一些的，有五年以上的时光浸润。普洱茶稍稍浓一些，喝起来有厚度，和秋日的光阴，和自己的阅历，和过往的烟云都有契合度。秋日怀古嘛，是得来一杯普洱。朋友刘佳朋说，他每次喝普洱，就特别容易饿，普洱能开胃，况且秋日的好吃小食这么多，岂能不饿？

喝茶要配茶点，在亳州的北关老街，有一种应景糕点叫“桂花糖蒸新栗粉糕”。这款糕点在《随园食单》中有记载，在很多古籍中都有这款糕点的做法：“煮栗极烂，以纯糯粉加糖为糕蒸之，上加瓜仁、松子。此重阳小食也！”

栗子是新鲜的，桂花是新采的，一切都是这个季节最好的安排。秋天，在古代本应是君王大飨群臣的季节，我们不是君王，但可以在味蕾上自己做主，在重阳前后，和一些小食“厮磨”到底。

你说呢？